남영신 감성 역사 소설

비잔틴 성시

여명편

비잔틴 성시 여명편

초판 1쇄 인쇄 2012년 1월 16일
초판 1쇄 발행 2012년 1월 23일

지은이 | 남 영 신
펴낸이 | 손 형 국
펴낸곳 | (주)에세이퍼블리싱
출판등록 | 2004. 12. 1(제2011-77호)
주소 | 서울시 금천구 가산동 371-28 우림라이온스밸리 C동 101호
홈페이지 | www.book.co.kr
전화번호 | (02)2026-5777
팩스 | (02)2026-5747

ISBN 978-89-6023-738-4 03810

고난을 이겨낸 전쟁과 사랑 이야기

비잔틴 성시

머 리 말
(Introduction)

'아틸라'란 이름의 기원은 '아버지'란 뜻의 고트어에서 유래한다는 설도 있고, 러시아 볼가 강의 옛 이름인 '이틸리'에서 나왔다는 설도 있다. 독일 중세 서사시이자 바그너의 오페라로도 만들어진 '니벨룽겐의 반지'엔 한 영웅이 등장한다. 그는 부르군트 왕국의 공주이자 지크프리트의 아내였던 크림힐트의 계략에 말려 자신의 궁정에서 복수의 참극을 벌이게 된다. 그의 이름은 에첼. 우리 한민족의 후예로도 알려졌으며, 한때 대제국 로마조차 그 발밑에 굴복시켰던 훈족의 위대한 칸 에첼을 후대인들은 '아틸라'라 불렀다.

AD 375년, 당시 로마 제국 동쪽 국경이었던 러시아 서부 지금의 볼가 강 너머로 의문의 군대가 나타났다. 강을 건넌 그들은 말 위에서 정교한 활 솜씨를 자랑하는 아시아계 궁기병의 지배를 받는 다민족 혼성 군대인 훈족이었다. 서진을 계속한 그들은 흑해 주변에 살던 고트족과 조우하게 되는데, 당시 로마 세계 최강의 기병으로 평가받던 고트족 중무장 기병대를 단숨에 박살내고 제국의 동쪽 국경지대를 철저하게 유린한다.

AD 381년, 계속되는 훈족의 침공에 견디다 못한 고트족의 왕 아타나리크는 6만의 백성을 이끌고 도나우 강 남쪽 로마 국경 너머로 목숨을 건 탈출을 시도하는데, 이것이 바로 한 세기 후 로마 제국 멸망의 도화선이 된 게르만족 대이동의 시작이었다.

AD 395년, 훈족의 칸인 문주크가 아들을 얻었다. 칸의 아들은 전사로 성장했고 성인이 되자 형인 블레다와 함께 무적의 궁기병대를 이끌고 판노니아(헝가리)를 중심으로 거대한 제국을 건설한다. 당시 제국의 판도는 서쪽으로는 프랑스, 북쪽으로는 북유럽의 발트 해, 남쪽으로는 동유럽의 발칸반도, 동쪽으로는 중앙아시아의 우랄산맥에 이르렀다. 로마인들은 그를 타락한 세상을 벌할 신의 채찍, '아틸라'라 부르며 두려워했다. 이 젊은 전사는 얼마 후 블레다가 죽자 훈 제국의 단독 칸이 된다. 처음에 로마는 동쪽 끝에 자리한 또 다른 패자 중국이 그랬던 것처럼 이이제이, 즉 이민족은 이민족으로 다스리는 정책을 편 결과 훈족과 우호 관계를 유지했다. 그러나 제국으로 성장한 그들의 칼끝은 서서히 로마로 향하기 시작했다. 이제 지중해 세계의 주인 자리를 놓고 로마 제국과 훈 제국 간의 정면충돌은 불가피해진다.

AD 451년, 프랑스 북동쪽 마른 강 근처인 카탈라우눔 평원에서 두 제국의 명운을 건 일대 전투가 벌어졌다. 아틸라가 이끄는 훈 진영엔 동고트족을 비롯해 게피다이족, 튀링겐족, 루기족 등이 참전했고, 로마 제국의 마지막 명장 아에티우스가 이끄는 군대엔 서고트족을 비롯해, 프랑크족, 부르군트족, 색슨족, 브레톤족 등이 대 훈족 연합군으로 참전했다. 전투는 사흘 밤낮으로 계속되었고 십만이 넘는 병사들이 죽어 나갔다. 로마 제국 쇠망사를 쓴 에드워드 기번의 말을 빌리자면, 그 전투는 볼가 강에서 대서양에 이르는 지역의 거의 모든 민족이 카탈라우눔 평원에 집결한 인류사 최초의 세계 대전이었다. 카탈라우눔 전투는 무승부로 끝이 났지만 무적의 훈 군대를 막아냈다는 점에서 실질적으로는 로마의 승리였다. 그러나 이 전투 후 두 제국은 당대의 뛰어난 지도자를 모두 잃는 비극을 겪게 된다. 아틸라는 의문의 죽음을 당하고 얼마 못 가 아에티우스마저 암살당하는데, 칸이라는 구심점을 잃은 훈 제국은 사분오열되어 급격히 소멸의 길을 걷고 로마는 그 후 얼마간을 더 버티지만 이미 제국을 지킬 수 있는 힘을 모두 소진한 상태였다.

AD 476년 훈족의 서진으로 시작된 게르만족 대이동은 둘로 쪼개진 로마의 서쪽 제국을 멸망시키고 유럽 세계의 판도를 재편성했다. 멸망한 서로마의 수도 라벤나엔 동고트족이 새로운 왕국을 건설했고, 지금의 스페인 땅에는 서고트족, 바다 건너 카르타고 땅은 반달족이 로마를 대신해 새로운 주인이 되었다.

그리고…… AD 530년. 지중해 세계엔 또다시 대전란의 그림자가 드리우기 시작했다. 살아남은 또 다른 로마인 동로마 비잔틴 제국은 아직 건재했다. 평민 출신으로 비잔틴 제국 황제 자리에까지 오른 유스티니아누스는 로마의 옛 영광을 되찾기 위해 고토 수복 전쟁을 계획하고 있었다. 그리고 황제의 뒤엔 콘스탄티노플의 무희 출신으로 황후가 된 명석한 두뇌의 테오도라와 비잔틴 최고의 명장으로 역사에 기록될 젊은 천재 장군 플라비우스 벨리사리우스가 버티고 있었다.

최초의 성전(聖戰). 소설 비잔틴 성시는 서로마 멸망 후 반세기, 카탈라우눔 전투 후 한 세기가 채 못 되는 시점을 배경으로 훈족을 비롯한 지중해 제민족들과 비잔틴 희대의 명장 벨리사리우스 간에 벌어진 그 길고도 치열했던 역사에 관한 이야기다.

여신 노르넨은 운명의 실을 엮는다. 한 명이 실을 잣으면 다른 한 명이 이를 감고, 나머지 한 명은 명이 다하면 이를 끊음으로써 한 시대가 끝이 나고 새로운 시대가 시작된다.

이제 운명의 수레바퀴가 다시 돌기 시작했으니, 그 전설의 서장은 북아프리카의 카르타고에서 막이 오른다.

주요등장인물

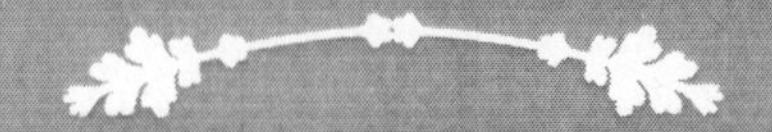

| 카카르 |

'가야인' 의 후예로 한쪽 눈은 검은색, 다른 쪽 눈은 파란색인 '오드아이' . 암살자 집단이자 상인 조직인 그림자 길드 '헤카테' 의 카르타고 쪽 단원. 조직 내 12현자 중 마지막 번째로 '지혜로운 카카르' 라 불린다. 어느 날 카르타고 왕성의 탑에 유폐된 메렐레인의 암살을 의뢰받지만, 오히려 그녀의 탈출을 돕게 되면서 의문과 위험으로 가득한 여행길에 합류한다.

| 메렐레인 |

진홍색 머리에 초록빛 눈동자를 가진 미모의 소유자라는 것 외에는 모든 것이 베일에 가려져 있다. 힐데리크 왕으로부터 카르타고 왕실의 가보인 군신의 활을 넘겨받아 반달군과 암살자들의 추격 속에 라벤나로 향하는 기나긴 여행길에 오른다.

| 엘리사 |

늘 메렐레인의 옆을 지키는 하녀(?) 같은 존재로 메렐레인과 마찬가지로 출생이나 배경 등 모든 것이 불명. 희로애락이 확실히 얼굴에 드러나는 성격으로 카카르와 항상 티격태격한다.

| 월영(月影) |

메렐레인과 엘리사 주위를 맴돌며 위험한 순간마다 등장하는 의문의 방랑 검사. 검신이 구부러진 두 자루의 환형도와 신기의 칼 솜씨 때문에 '사신의 환형도', '성 천사 미카엘의 날개' 등으로 불리며 인구에 회자된다.

| 바르카 |

검은 곱슬머리에 물빛 눈동자를 가진 페니키아계 상인. 카카르에겐 친형 같은 존재로 과거 사막을 횡단하는 카라반(대상)을 이끌고 실크로드를 따라 머나먼 동쪽까지 갔다 왔다. 매사에 긍정적인 성격으로 봉건체제를 싫어하며 로마 제국 시절의 번영과 질서를 그리워한다.

| 친구들 |

번개머리의 루카, 붉은 눈동자의 노아, 뚱땡이 고타는 카카르와 함께 선술집 '하얀 한숨' 에서는 머저리 4인조로 불리는 오랜 친구들로 갑작스런 카카르의 여행에 동참하게 된다. 힘든 여정에 투덜거리면서도 한편으론 배신자로 낙인찍힌 친구의 위험천만한 앞날을 염려한다.

차 례

1장

2장

PROLOGUE

미래를 보는 자가 말하길 한쪽 눈이 파란 오드아이의 전사가 장차 위대한 제국 동로마와 그리스도인의 숨을 끊을 것이라 했다. 전사는 동쪽 끝에서 왔으며 아틸라의 피가 흐르는 훈의 후예이자 돌궐의 지배자다. 그가 황금의 도시를 정복하고 도읍을 새로이 정하니 장차 '투르크의 나라'라 불릴 것이다.

- 콘스탄티노플 포위전에 앞서 -

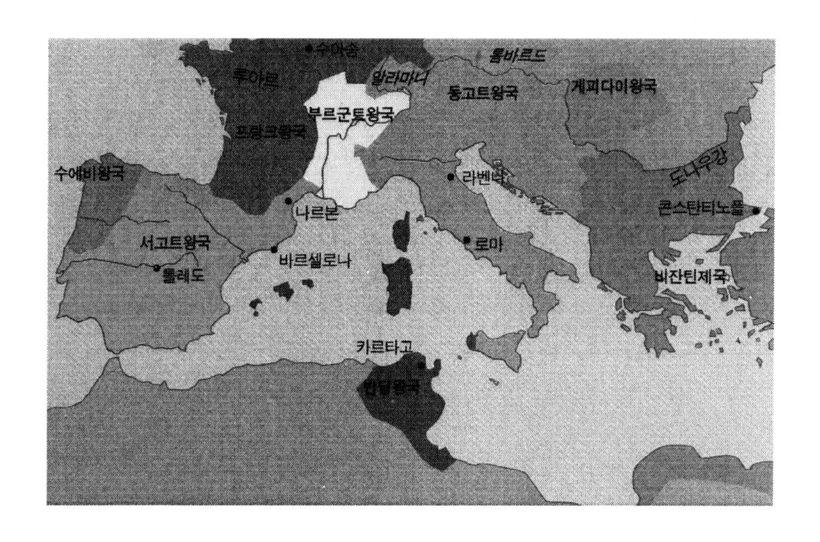

제1장

1장 1절

도둑과 귀부인

"그거 아니?"

"알고 싶지 않아."

"네 뿌리는……."

"됐다니까."

"녀석, 말버릇이 영……."

"호로 자식이 다 그렇잖아. 새삼스럽게."

"끙……."

"바쁘니까 저리 가. 밥 탄다."

"그래. 밥은 꼭 먹고 다녀라."

"……."

"나 갈게."

"……."

"건강해라, 카카르. 언젠가 날 이해하게 될 날이 올 게다. 그러니 항상 잊지 말고 살아라. 넌 가야인의 후예란 걸. 사람은 결국 돌아가게 되어 있어. 아무리 작고 보잘 것 없어도. 그게 조국이다."

문이 닫혔다.

또 몇 년이 흐르겠지. 난 또 혼자 남겨질 테고.

"젠장 맞을! 저것도 아비라고."

쾅!

주먹에 맞은 솥단지가 머리 위로 솟구쳐 올랐다.

"앗 뜨, 뜨……."

솥단지에서 펄펄 끓던 수프가 머리 위로 쏟아졌다. 하지만 전혀 뜨겁지도 데이지도 않았다. 꿈이었으니까.

나는 정신을 차리고 눈을 떴다. 또렷해진 시야에 들어온 회색 하늘이 빙글빙글 혼란스럽게 움직이고 있었다. 나는 본능적으로 성벽의 일그러진 틈새로 튀어 나온 부분을 잡고 있었다. 손가락이 찌릿찌릿 저려왔다. 온몸의 체중이 한쪽 손에 실린 까닭이다. 아래를 내려다보니 천 길 낭떠러지가 시커먼 아가리를 벌리고 있었다. 쉽게 말해 추락사 일보 직전이었다.

!

나는 기를 모으고 아랫배를 잡아당긴 뒤, 타앗! 힘차게 벽면을 걷어찼다.

빙그르르!

몸뚱이가 한 바퀴 회전하자 뒤꿈치가 창턱 및 홈에 걸렸다. 반동을 이용해 다시 한 번 상체를 잡아당기자 그럭저럭 원래 앉아 있던 곳에 엉덩이를 걸칠 수 있었다. 휴! 아크로바티카[1]를 배워 두길 정말 잘했다.

식은땀을 흘리며 아래를 내려다보았다. 참 더럽게 높다.

날 못 잡아먹은 게 원통한지 시커먼 저 아래가 괴물의 아가리처럼 윙윙거리며 바람소리를 내고 있었다.

내 이름은 카카르[2]. 나는 지금 카르타고 왕성의 어느 탑 꼭대기에 있는 창가 옆에 튀어 나온 반반한 돌 지면에 앉아 있다. 이런 벼랑 꼭대기 같은 곳에 걸터앉아서도 쉬이 잠들 수 있고, 이런 모종의 스토리 찬란한 꿈조차 꿀 수 있는 자가 나라고 생각하니 정말 대단한 거 같아 눈물이 앞을 가릴 지경이다.

여하튼, 내가 뭐하고 있었더라. 나는 손을 턱에 괴고 곰곰이 잠들기 전을 떠올려 보았다. 기억해 내야 한다. 왜 잠이 들었을까. 생각해 내야 한다.

흠……. 응?

턱에 뭔가 부스럭거리는 게 느껴졌다. 내 왼쪽 손이 뭔가를 쥐고 있었다. 파피루스 종이였다. 아. 맞다. 이걸 읽고 있었지. 기뻤다.

편지개봉!

'저예요.

1) 곡예 기술
2) 알타이어계 부리야트어로 '구름' 이란 뜻. 부리야트는 육당 최남선 선생의 불함문화론과 연계되며 부리야트인의 신화인 게세르신화는 단군신화와 닮은꼴이라 여겨지기도 한다.

소식 보내는 것조차 조심스럽군요. 순례 여행길은 순탄한지 걱정입니다. 힐데리크 왕[3]이 잘 보살펴줬으리라 믿어요. 그는 좋은 사람이니까.

당신을 보낸 지도 어언 반년이 돼 가네요. 여기 걱정은 마세요.

소멸의 계절도 아닌데 떨어지는 낙엽을 봤습니다.

아무리 멀리 있어도 느껴지네요. 당신의 마음 속 깊은 상흔이. 하지만 벗이여! 이겨 내세요. 그리고 잊지 마세요. 당신이 운명에 굴복하지 않는 한 모든 게 끝난 건 아니니까. 이 땅의 아직 순결한 사람들을 지킬 수 있는 사람은 오직 당신뿐. 그러니 아무리 힘들어도 당신이 사랑하는 사람들, 당신을 사랑하는 사람들을 위해서 살아주세요.

오늘따라 너무나 보고 싶군요. 고귀한 벗이여.

좀 더 살기 좋은 세상이 오면 그땐 꼭 당신의 해맑은 미소를 다시 볼 수 있길 기도하겠습니다. 당신의 머리 위에 하나님과 성 울필라스의 은총이 늘 함께 하길!'

편지 봉인!

아침에 하얀색 비둘기 한 마리가 창가로 날아들었었다. 다리에 묶인 파피루스 종이로 봐서 아마도 소식을 전하는 전서구[4]인 모양

3) 북아프리카 반달 왕국의 7번째 왕
4) 원거리 연락에 이용되는 비둘기

이었다. 도대체 어디서 날아왔을까?

그 비둘기를 보니 한동안 소식이 뜸한 부엉이 토드와 그 주인일 미네르바가 생각났다.

비둘기는 내 손등 위에 사뿐히 내려앉았다가 뭔가 소리치는 찰나 나는 새의 입을 틀어막았다. 그 때문에 본의 아니게 녀석의 날개가 축 늘어져 버렸다. 살생은 내게 있어 지극히 일상적인 일이다.

여자가 창가를 서성이며 '휄리스, 휄리스' 하고 속삭인 걸로 봐서 새 이름이 휄리스였던거 같다. 올망졸망한 눈망울을 한 순진한 놈이었는데 안타깝다.

나는 그때까지도 쓸데없는 생각에 사로잡혀 있었다. 뭔가 중요한 결정을 내려야 할 상황에서 계속 망설이고 있었는데 무심코 개봉한 파피루스 편지 때문에 더더욱 우유부단해져 있었다. 춥고 배고프고 참.

어느덧 해는 기울고, 언덕 아래 푸른 카르타고와 그 너머 지중해 바다는 낮 동안 뽐냈던 화려한 색채의 날개를 접고 파도 위에 잠이 들었다.

쏴- 쏴-

밤이 되자 잠들었던 색채의 잔영은 소리가 되어 파도 위에서 다시 날갯짓했다. 보이지 않는 곳엔 사람의 상상력이 그 공간을 채운다. 그래서 눈을 감아도 볼 수 있는 것이다.

나는 눈을 감았다. 온통 주위가 파래졌다. 희한하다. 지중해 바다는 그렇다. 과거 로마인에 의해 불타고 소금마저 뿌려졌지만, 잿더미 속에서 포룸[5]이 생기고 거기에 신전이 들어서고 사람들이 다시 돌아와 터전을 만들었다. 내가 사랑하는 이 부활의 땅은 불사조를 닮았다.

나는 하늘을 올려다봤다. 시선이 닿는 곳은 어디든 온통 쏟아질 듯한 별의 바다. 마치 빛의 휘장을 쳐 놓은 것 같았다.

천공의 한쪽에 별무리가 보였다. 저건 게자리. 내 고향의 6월을 지배하는 달의 여신 셀레네의 별이었다. 왠지 웃음이 났다. 게는 옆으로 걷기 때문에 일의 진행을 늦춘다고들 한다. 내가 이러고 있는 것도 그 때문인지 모르겠다. 길고 더디기만 한 출산의 진통과 아이의 탄생을 의미하는 이 별자리는 그래서 예로부터 태어날 육체 속에 영혼이 깃들 때 통과하는 천국 문이라고도 한다.

나는 고개를 내려 실내로 시선을 돌렸다. 양초가 타들어가고 불빛이 어둠속에 잦아들고 있었다. 기다란 대리석 침대 위에 잠든 여인의 모습이 보였다. 여인의 머리는 길고 풍성했다. 몸을 한 번 뒤척일 때마다 진홍색 머리가 어깨를 타고 내려와 허리 부근에서 흩어지는 게 마치, 해변에 부서지는 파도 같았다. 절세의 미녀는 지중해 파도의 거품 속에서 태어난다 하지 않았던가.

"꼬르륵!"

음…….

부끄러움이 눈앞을 가렸다. 하긴 한나절이 또 흘렀으니까. 나의 내면에 울려 퍼지는 그 작은 소리를 듣고 나니 현실을 인정하지 않

5) 도시 중심의 광장

을 수 없었다. 계속 이러고 있을 순 없는 일이었다. 나는 시선을 떨구고는 손에 쥔 단검을 물끄러미 바라보았다.

'할 수 있을까?'

단검에게 물어보았다. 예리한 칼날이 어둠속에서 푸르스름하게 빛을 내고 있었다. 나는 과연…… 저 여자를…… 벨 수 있을까?

이틀 전, 지중해 로그 조직인 '그림자 길드' 카르타고 지점의 두령인 '마고'로부터 임무가 들어왔다. 하여 나는 자객으로 이곳 카르타고 왕성으로 보내지게 된 것이다. 묻지도 따지지도 않았다. 의뢰비가 자그마치 솔리두스[6] 금화 1백 개였으니까. 사람 목숨 따위 은화 한두 닢이면 일단 찌르고 보는 시대다.

전에 나는 상인 신분으로 왕성에 물건을 몇 번 납품했던 터라 잠입은 어렵지 않았다. 목표는 왕성에서 제일 높게 솟은 탑 꼭대기. 오르는 데 꽤나 애를 먹었다. 가져간 고양이 발톱이 아니었다면 나는 아마 상반신이 땅에 꽂힌 우스꽝스런 시체로 발견되었을 것이다.

탑 꼭대기에 일단 오르니 임무의 대상이 된 사람이 있었다. 여자였다. 나는 아이와 치마는 안 베는데.

여인은 라틴어가 능숙한 걸로 보아 카르타고 쪽 사람은 아닌 것 같았다. 게다가 진홍빛 머리가 퍽이나 길고 눈부신…… 제기랄…… 한 폭의 수채화 같은 여인이었다. 그러나 내가 일을 끝내지 못한 건 그런 이유 때문만은 아니었다.

6) 비잔틴 시대 지중해 세계의 달러화와 같은 역할을 했다.

연유는 모르겠지만 여인은 아마 갇혀 있는 듯했다. 가끔 몸종으로 보이는 중발머리 처녀가 식사를 들고 와 걱정스런 표정으로 서성댔지만 여인은 통 음식에 손을 대지 않았다. 가지런히 꿇은 무릎에 두 손을 모으고는 하루 종일 기도만 하는 것이었다. 그 나지막한 목소리의 읊조리는 내용이란,

'그들을 구해주소서'

'용기를 주옵시고 온전히 인도케 할 지혜를 주옵소서!'

뭐 대부분 그런 내용이었다.

자신이 아닌 타인을 위해 소망을 내뱉는 건 시대를 막론하고 흔치는 않은 행위라고 생각한다. 그래서 기도가 끝나면 벨까, 그녀가 잠에서 깨면 벨까. 배고픔을 참아가며 여러 차례 기회를 엿보고 있었지만 이 일을 어쩐다. 나는 여인을 벨 수가 없었다.

그러는 동안 그녀도 어느샌가 내 존재를 눈치 챈 모양이었다.

좀…… 많이…… 어처구니없는 상황이 전개되고 있었다.

나는 아까 읽은 파피루스[7] 편지를 안주머니에 꽂아 넣었다. 벽에 뒤통수를 기댄 채 다시 밤하늘을 올려다봤다. 가족과 친구들 얼굴, 앞으로 벌어질 일들, 뭐 그런 게 물방울처럼 삐죽삐죽 떠올라 심히 혼란스러웠다. 그런 것만 빼면 달빛이 호젓하게 흩어지는 외로울 정도로 아름다운 밤이었다.

"거기 아직 있나요? 도둑 씨!"

깜짝이야. 하마터면 떨어질 뻔했다.

7) 이집트 나일 강 유역에 자라는 풀로 종이로 사용되었다.

불시에 날아든 여인의 음성은 내겐 아주 화살 그 자체였다. 가까스로 중심을 잡은 나는 아무 말도 할 수 없었다. 식은땀이 흐르고 단검을 쥔 손에 힘이 잔뜩 들어갔다.

"배 안고프세요?"

"아하하. 그냥 저 없다고 생각하세요."

엇뜨! 무심결에 대답하고야 말았다.

"후후후."

여인이 낮게 키득거리는 소리가 들렸다. 한심하고 바보 같아서 눈물이 앞을 가렸다.

"오늘밤은 너무나도 허했는데 도둑이라도 있으니 다행이네요."

도대체 뭔 소린가, 이게.

"궁금하군요. 당신 얼굴이……."

하.

"난, 앞으로 어떻게 되는 거죠?"

하하.

아, 난 왜 이럴까. 여인은 곤란스런 질문들을 던져댔다.

"왜 절 죽이려 하죠? 고용인은 누구죠?"

에라, 모르겠다.

"난 상부의 지시에 대해 아는 게 없습니다. 임무가 떨어졌으니 하는 거지."라고 대답했다.

"그래요……."

여인의 목소리가 착 가라앉았다. 잠시 침묵이 흘렀다. 그러다 별

안간 "어디로 갔을까요? 내 친구 헬리스는. 아침에 분명히 소리가 난 것 같았는데……." 하고 중얼거리는 것이었다.

또 떨어질 뻔했다. 내 입가에 미묘하고도 당황스런 미소가 흘렀다.

"집에 가고 싶군요. 여긴 너무 갑갑해."

"……."

"날…… 성에서 빼 주세요."

순간 내 귀를 의심했다. '그만 끝내주세요'나 '살려 주세요' 둘 중 하나는 짐작했지만 전혀 예상 밖의 전개였다. 상황이 어째 이상하게 돌아간다 했다. 나는 앙탈이라도 부려볼 심산으로,

"흣, 이봐요. 아무리 그렇지만 킬러한테 그건 좀……."

"흰색은 순결한 드루이드[8]의 상징이랍니다. 메렐레인은 고대어로 순결한 희생이란 뜻이죠."

"오옷, 그런 의미가……."

"그러니까 내 이름은 메렐레인. 메렐레인으로 불러 주세요."

순간 나는 멈칫했다. 뭐하는 거니, 지금. 말려들고 있잖아. 나는 이 정체 모를 대화의 연결 고리를 끊어야 했다.

"내가 거절하면요? 당신 앞에 있는 건 사람이 아니라 낫을 든 사신입니다. 낫을 움직이는 건 당신이 어떤 사람이냐가 아니라 당신 목숨이 매길 금화의 양이죠."

"……."

메렐레인이라 자신을 소개한 여인은 침상에서 천천히 몸을 일으

8) 갈리아(고대 프랑스)땅의 켈트족 성직자로 정령신앙과 윤회를 믿었다.

켰다. 그리고 반대편 창가로 걸어가더니만 긴 머리를 한번 쓸어 올리고는 눈을 감는 것이다.

"밤바람이 상쾌해요. 향기가 나는군요."

눈을 감은 채 그녀는 말을 계속했다.

"세상의 모든 것엔 이유란 게 존재한다고 생각해요. 천구의 별들이 제각각 자리를 지키는 이유. 내가 여기 있는 이유. 당신이 나를 바라보기만 할 뿐 어쩌지 않는 이유. 사람들이 그러한 이유들에 대해 조금이라도 고뇌한다면 알게 될 텐데 말이죠. 신이 원래 의도하려 했던 사람의 영혼이란 게 이렇듯 향기롭다는 걸."

"……."

"……."

그녀는 감았던 눈을 뜨더니 허공을 바라보며 말을 이었다.

"요 며칠 잠깐이지만 당신의 고뇌를 느꼈답니다. 고뇌하는 사신은 없으니까."

"……."

"당신은 사신이 아니라 그냥 좋은 사람이에요. 그게 내가 아직 살아있는 이유니까요."

메렐레인은 손을 뒤로 모으고는 천천히 원을 그리며 방 주위를 돌았다. 마치 내 존재를 찾기라도 하려는 듯이.

내 마음속에 두려움과 어떤 기대감 같은 것이 서로 불협화음을 내며 혼란스럽게 머릿속을 비집고 들어왔다. 이미 운명의 저울은 예상과는 다른 방향으로 급격히 기울고 있었다. 나는 저울을 움직이기 시작한 여인에게 물었다.

"내가…… 무섭지 않으세요?"

그녀의 발걸음이 멈춰 섰다. 잠시 침묵이 흐른 뒤 그녀는 확신에 찬 어조로 내 질문에 종지부를 찍었다.

"내 운명은 당신 손에 달렸어요. 난 믿음의 힘을 믿습니다. 그러니 당신을 무조건 믿을 거예요. 도둑 씨."

휴, 일은 이미 글렀다. 뒷일은 이제 나도 모르겠다. 신의 뜻대로다.

"난 도둑이 아니에요."

스르륵. 내가 있던 창가 쪽 어둠의 장막이 걷히는 소리다.

나는 그녀가 놀라지 않게 발소리를 최대한 죽이며 슬며시 몇 발짝 앞으로 다가섰다. 아직 한밤중이었지만 모습을 드러낸 빈 공간엔 달빛이 가득해서 서로의 얼굴을 가까이서 확인하기에 충분히 밝았다.

키에 비해 작고 갸름한 얼굴, 잔잔히 물결치는 엉덩이 아래까지 내려오는 진홍색 머리, 호리호리하고 마른 체형에 팔다리가 유난히 길어 보이는 그녀는 벌어진 옅은 선홍빛 입술과 긴장감 때문에 한껏 커진 공허한 초록빛 눈동자를 한, 예상은 했지만, 영락없는 여신이었다. 흐흑.

아주 잠시 길을 잃은 영혼이 육체로 돌아올 시간이 필요했다. 침묵의 시간이 흐른 뒤 나는 자세를 가다듬었다. 충분히 폼을 잡았다고 판단한 나는 한쪽 무릎을 꿇고 고개를 반쯤 숙였다.

"나는 뱀 지팡이와 날개 투구를 신봉하는 자, 헤르메스[9] 신을 섬기는 밤의 백성, 지혜로운 카카르라 하옵니다."

"당신의 그 눈……."

"……."

"아니에요."

다시 잠깐의 침묵이 흘렀다. 그녀는 깍지 낀 두 손을 풀고 입 쪽으로 가져간 후 헛기침을 몇 번 하더니만 이내 입을 열었다.

"먼 동쪽 땅의 백성…… 훈족의 후예군요"

그녀의 환한 미소가 아름다웠다.

그렇게 해서 어처구니없게도 나는, 그녀……, 조각배 같은 내 삶의 등대, 영원히 낫지 않을 상처이며, 또한 끊어진 곳을 다시 이어준 길이자, 내 모든 것이었던, 그녀 메렐레인을 들쳐 업고 왕성을 탈출하게 된다. 서기 530년 6월의 일이었다.

"으라차차!"

대책 없는 몸뚱이가 창가에 동여맨 줄을 부여잡고 공중으로 부웅 하고 날아오르고 있었다.

돌이켜보면 참으로 무모한 짓이었다. 두려움이 없던 시절, 알 수 없는 기분에 휩싸여 한 여인을 끌어안은 채 그 어둡고도 섬뜩한 허공에 망설임 없이 몸을 날릴 수 있었던 건 순전히 내가 젊었기 때문이 아닐까. 머리가 아니라 심장으로 생각하는…… 청춘이란 그렇

9) 그리스 신화에 나오는 전령의 신. 상인과 여행자의 신이기도 하다.

게 어리석고도 어쩔 수 없는 것이다.

탑에서 어떻게 무사히 내려 왔는지 기억도 안 난다. 혈관 속에 아마 늑대인간의 피가 흘렀던 모양이다. 부들거리는 양발을 움켜쥐고 지면에서 막 떼어 냈을 때 성의 안뜰에서 벌써 웅성거리는 소리가 났다. 반달족 병사들이다. 예상보다 빠른 반응에 적잖이 당황스러웠다.

아직 그녀는 내 등에 매달린 채로였다. 덜덜거리는 게 전율이 아직 가시지 않은 모양이었다. 어쨌든 나는 계획의 다음 단계로 재빨리 옮겨가야 했다.

탈출에 쓰일 말은 도대체 어디로 간 걸까. 두리번두리번. 아, 저기 있군. 미리 대기시켜 뒀던 나의 애마는 풀숲에서 구부정한 자세로 졸고 있었다. 이런 어이없는 놈을 봤나. 나는 말 궁둥이를 걷어 찬 후 잽싸게 안장을 얹고 올라탔다. 고삐를 당기다 말고 나는 말에서 도로 내렸다. 그녀를 안아 태운 후 다시 뛰어 올랐다. 오른쪽이던가? 왼쪽이던가? 아! 오른쪽이지. 나는 왼쪽으로 고삐를 틀었다.

"이랴!"

나는 말 잔등을 세차게 걷어찼다.

덜거덕, 덜거덕, 질질.

이상한 일이었다. 나의 애마는 열심히 발길질하며 땅을 차댔지만 앞이며 옆이며 풍경이 마치 정지된 것처럼 별로 앞으로 나간다는 생각이 들지 않았다. 아니 조금씩이지만 뒤로 밀리고 있는 느낌이었다.

상당히 불안한 마음으로 돌아다 봤을 때 나는 몹시 기겁한 나머지 턱이 떨어졌다.

억세 보이는 팔, 단단히 고정된 여인네의 허리통만 한 허벅지, 울긋불긋한 혈관은 금세라도 터질 듯한, 거구의 남자가 예상대로 한쪽 손목에 말 꼬리를 칭칭 감은 채 다른 쪽 손으론 자기 쪽으로 씩씩거리며 잡아당기고 있는 게 아닌가. 아니 저런 비인간스런 괴력이 가능한 인간이 있다니.

아! 있다. 한 명. 본 적은 없지만 카르타고의 헤라클레스라 불리며 급할 땐 나무를 통째로 뽑아 방망이처럼 휘두른다는, 토르[10]의 워해머라는 별명의 민둥머리 신전 기사단장인 스탄! 그 스탄이라 불리는 사나이가 이를 빠득거리며 노려보고 있었다.

"놓칠까 보냐. 헉헉. 나는 토르의 워해머로 불리는 헉헉. 신전기사단장인……."

스탄은 말을 다 마치지 못했다. 저만치 튕겨져 굴러가고 있었기 때문이다. 내가 던진 단도가 정확하게 말 꼬리를 자른 후 지면에 박힌 후였다.

반쯤 잘려나간 장털의 나풀거림과 메렐레인의 놀란 표정, 애마의 휘둥그레진 눈동자가 오묘한 조화를 만들어내고 있었다. 나는 애마가 비명을 지르기 전에 다시 말 잔등을 걷어찼다.

"이랴!"

내 표 나지 않게 붙여주지. 약속하마. 그러니 지금은 미친 듯이

10) 토르(Thor). 북유럽 신화에 나오는 천둥신. 목요일(thursday)의 어원.

달려라.

말 털을 공중에 집어던지며 욕설을 내뱉는 사나이를 뒤로 한 채 달음박질이 시작되었다. 풍경이 쏜살같이 머리 뒤쪽으로 흘러갔다. 미리 짜인 각본대로 제대로 진행되지 않으면 죽은 목숨. 반달인의 호전성이란, 으! 생각만 해도 끔찍하다. 계획대로라면 문지기는 동료들이 벌써 맛난 오딘[11]의 벌꿀 술로 보냈을 터. 지금은 그냥 눈썹 날리게 앞만 보고 달리자.

메렐레인은 그 와중에도 등 뒤에 그럭저럭 잘 붙어 있었다. 아랫배를 가느다란 두 팔이 감싸고 등에 숨결이 느껴졌다. 바람을 가르고 말발굽 소리가 어둠을 채운다. 말이 달리는 것인지 운명이 달리는 것인지. 배신자의 달밤은 어찌 그리도 호젓하고 아름다운지. 당신을 믿어, 당신을 믿어, 이런 긴급 상황에서 왜 이런 쓸데없는 환청이 들리는 걸까. 놀랄 일이다.

마구간을 뚫고 우물을 넘고 대장간을 지나 좌회전, 직진, 우회전 끝에 드디어 동쪽 성문 끝에 다다랐다.

다행히 문지기 둘은 술에 취해 있었고 서로 끌어안고 입을 맞추는 광경이 가관이었다. 하긴, 오딘의 후예들이 머나먼 북쪽 그리운 고향 땅의 최고급 벌꿀주를 마다할 수 있을까. 저 둘은 아마 동이 트면 성문 앞에 목이 매달리겠지. 소름이 돋지만 어쩔 수 없는 일이다. 먹지 않으면 먹히는 시대의 비극이니까.

루카! 노아! 고타! 예상대로 임무를 끝낸 3명의 동료들이 손을 흔

11) 북유럽 신화의 최고신

들며 달아날 각자의 말에 막 올라타는 참이었다. 1백 솔리두스가 만들어 낼 녀석들의 흐뭇한 표정이 곧 위아래로 일그러질 걸 생각하니 안쓰러웠다. 나는 손뼉도 안 마주치고 그 사이를 득달같이 통과했다.

"아니, 그 혹은 뭐야?"

"이 자식아, 거기 안 서?"

동료들의 절규를 뒤로 한 채 나는 방향을 틀어 북쪽 해안가로 내달렸다. 오른쪽으로 비스듬하게 바다로 뛰어든 뒤 반대쪽으로 급히 꺾었다. 발자국 방향을 속이기 위해서다.

우리는 비르사[12] 언덕을 끼고 해안가를 따라 쭉 북쪽으로 말을 몰았다. 목적지는 북동쪽으로 멀지 않은 곳에 위치한 항구도시 엘메나르![13]

등 뒤로 언덕 위에 세워진 카르타고 왕성이 아지랑이처럼 시야에서 흔들렸다. 두 번 다시 보지 못할 오랜 벗을 배웅하는 손사래처럼 말이다.

앞서 도망가는 나, 거품을 문 채 맹렬히 뒤쫓는 친구들. 바닷물을 세차게 튀기며 달리는 우리들 오른편으로 멀리 동이 터 오고 있었다.

12) 인근에서 가장 높은 언덕으로 현재 국립 카르타고 박물관이 있다
13) 현재의 시디부사이드. 튀니지언 블루로 세간에 알려진 관광 도시.

1장 2절
하얀 한숨

나는 헤르메스를 섬기는 자. 지중해를 무대로 하는 상인이며 로그[14] 조직 '그림자 길드'[15]의 카르타고 쪽 일원이다.

사람들은 나를 훈족의 후예라고 한다. 그래서 이름도 카카르 세겐. 푸른 구름이란 뜻의 이상한 이름이다. 구름이 푸른 것도 다 이유가 있다.

나는 오드아이[16]. 구릿빛 피부, 검은 머리에 검은 눈을 가진 훈의 피가 흐르지만, 왼쪽이 파란색인 이족의 눈을 가지고 태어났다. 그래서 완전한 훈족도 완전한 이족도 아닌 새도 쥐도 아닌 박쥐 같은 존재다.

아버지께선 늘 말씀하셨다. 한때 우리 일족이 세상의 주인이었던 적이 있었다고. 그러니 항상 명예를 품고 살라고 말이다.

하지만 그게 어쨌단 말인가. 지금의 훈족이라면, 공포라든가 경멸이라든가 그런 느낌의 뜨내기 용병들. 인적 뜸한 뒷골목에 어슬렁

14) 도둑(rogue). 예전엔 도둑질과 상행위(장물거래)의 경계가 희미했다.
15) 길드(guild). 중세유럽의 동업자 조합. 여기선 폭넓은 의미로 쓰였다.
16) 양쪽 눈의 색깔이 서로 다름.

대는 결패 따위들과 비교해 뭐가 크게 다를까. 과거에 세상의 반 토막을 지배했던 말든, 그저 훈족이 조상이라는 건 지금의 내겐 세상과 섞여 살아가는 데 있어 일종의 굴레 같은 거다.

그래서 내 고향은 북쪽의 얼어붙은 땅이 아니다. 난 페니키아인[17]이 조상인 친구들로부터 장사하는 법을 배웠고, 또한 남쪽의 거친 사막 민족인 베르베르인[18]들로부터 사람 베는 것도 배웠다. 다 이곳에 정착하기 위해 필사적으로 배운 것들이다. 그러니 내가 속할 곳은 누가 뭐래도 이곳 카르타고. 돈을 많이 모으면 티파사 같은 곳에 가정을 꾸려 함께 오순도순 사는 게 꿈이라면 꿈인 나. 그러니 나는 앞으로도 훈족이 아닌 카르타고인으로 살 것이다.

빡!

정수리가 빠개지는 것 같았다.

"감상에 빠져 있을 때가 아냐. 짜식아."

술 컵을 던진 건 아마 정면의 노아인 듯싶다. 나는 자리에서 일어섰다.

붉은 눈의 노아는 당황하면 존댓말이 나온다.

"저 아니에요. 임마."

아, 노아 옆에 있는 고타를 걷어찼다. 대 자로 뻗은 고타의 손가락은 루카를 가리키고 있었다.

"인제 어쩔 거야?"

17) 고대의 상업 민족. 지금의 알파벳을 만들었으며 카르타고를 개척했다.
18) 북아프리카 토착민을 지칭하는 아랍어. 시기상 안 맞지만 그대로 썼다.

번개머리를 한 신경질적인 인상의 루카는 한심한 듯 물어왔다.

나는 자리에 앉았다. 대꾸도 않고 곡주만 들이켰다. 그녀, 메렐레인은 피로에 지친 듯 2층 객실에서 잠을 청하고 있었다.

"미끈한 몸매의 페르시아[19] 무희님 같구먼그래."

터질 듯한 몸매의 고타는 어느새 일어나 올리브 열매를 입에 쑤셔 넣으며 히죽거렸다.

"뭇 사내들 달아오르겠고 말이야."

루카도 구시렁거리며 한술 거들었다.

"뭣이!"

분노와 함께 내 입에서 흰 물이 튀었다. 이마에 묻은 원액을 손으로 닦아내며 노아가 반응했다.

"이해는 돼. 간단하게 말해 죽이기엔 너무 예뻤다. 뭐 이런 거 아니냐고."

끄응! 평소 같았으면 늘 하던 대로 놈들의 마빡을 들이받았겠지만 그러지 못했다. 정확히 사흘 밤낮이 지났다. 그녀의 차분한 생각의 흐름을, 낮지만 확신에 찬 목소리를, 그 눈동자 너머에 있을 거대한 표현할 수 없는 뭔가를, 알기 쉽게 풀이해서 녀석들에게 설명할 재주가 내겐 없었다.

"실패한 거 두목이 알면 아주 재미있겠다, 그치? 뭐하면 지중해 앞바다서 상어랑 춤도 추고. 그치?"

19) 이 시기의 페르시아는 그리스와 패권을 다툰 아케메네스 왕조의 페르시아가 아니라, 후대에 아르다시르 1세가 창건한 사산 왕조 페르시아다.

루카가 술 컵을 낚아채며 비아냥거렸다.

나는 손가락으로 천장을 가리키며 말했다.

"누가 실패야? 인질이 위에 있는데."

나는 로그이면서 동시에 상인. 로그가 사람을 담글 때도 계산이란 걸 때려야 한다. 이미 담가버린 상황에선 의뢰비만 남지만 인질이 되면 몸값이란 게 따라온다. 이윤 창출과 선택의 폭을 넓히는 것, 그것이 사업의 기본이며 또한 헤르메스의 가르침이라 나는 생각한다.

"아주 지랄을 해라. 하트 눈을 해가지구선."

냉소적인 루카는 오늘따라 더더욱 내 말에 동의를 안 했다.

"그나저나 뭘까? 그 여자분 묘하게 여기 분위기랑 어울리네."

노아가 손깍지를 꼈다. 약간은 얼빠진 듯한 눈으로 감상에 빠져 중얼거리는 것이다. 나는 뭔가를 말하려다 말고 루카의 술 컵을 도로 뺏어 왔다. 다시 곡주를 쭉 들이켰다.

휴! 하긴 이곳 선술집 '하얀 한숨'은 카르타고의 '망부항' 부두에서도 오래되고 길손들에게 이름깨나 알려진 테번이다.

이곳 사람들은 예전부터 지중해를 성스러운 여신의 자궁이라는 뜻에서 성해(聖海)라고 불러왔다. 선술집의 입구엔 그 성해로 떠난 영웅을 기다리다 지쳐 석상이 된 여인이 전설처럼 모셔져 있다. 애틋함이나 낭만을 느끼는 손님들이 있는 반면, 돌 여인의 매끈한 가슴 라인에 시선을 고정한 채 문간에 이마빡이나 박아대는 얼빠진 사내들도 있고, 하지만 전체적인 분위기는 시큰한 바다 내음, 해 질무렵의 붉은 낙조, 갈매기 소리가 어우러진 아련한 그리움 같은 것이다.

석상을 사람들은 디도(Dido)[20]라 불렀다. 로마 건국자를 짝사랑한 그 슬픈 디도 말이다. 그러고 보니 닮은 것도 같다. 그리움이라……. 물론 디도일 리는 없다.

나는 남은 곡주를 마저 비웠다.

꺼억, 휴!

이곳 사람들이나 지중해 너머 가까이는 로마로부터 멀리 트라키아 사나이들이 마셔대는 포도주나 벌꿀 술도 나쁘진 않지만 나는 역시 담백하고 향긋한 곡주가 좋다. 몸속에 동쪽 민족의 피가 흐르기 때문인가.

그때 선술집을 꽉 채우는 함성소리가 났다.

"오옷! 와!"

테번의 마스코트이자 뱃사람들의 절대적인 지지를 받는 '린'의 등장이다.

은회색 단발머리에 수줍은 미소가 매력적인 드라이어드[21] 린. 지금은 거의 모습을 감춘 고대 종족의 사생아. 그녀는 과거 음유시인[22]으로 여기저기 떠돌아다닌 모양이지만 뭐 어쨌든 이곳 '하얀 한숨'에선 과거도, 출신도, 인종도 문제되지 않는다.

20) 신화에 나오는 카르타고의 여왕. 트로이 전쟁에서 살아남은 아에네아스가 로마를 건국하기 전 잠시 그녀에게 의탁했고 이별을 고하자 불 속에 뛰어 들어 자살했다.
21) 그리스어로 드라이데스. 님프가 물의 요정인데 반해 나무의 요정이다
22) 바드(bard). 중세시대 일종의 소리꾼. 주로 영웅서사시를 읊었다.

고타가 벌떡 일어나 환호성을 지르자 린이 슬쩍 쳐다보고는 환한 미소로 화답했다.

"우우!"

순식간에 여기저기서 야유가 터져 나왔다.

"아, 맞다. 이 녀석 일전에 린한테 백합을 건넸었지."

루카가 하품을 했는지 눈꼬리를 닦아내며 빈정거렸다.

"충격적인 건 딴 녀석들 건 거절하던 린이 고타가 준 건 얼씨구나 했다는 거야."

노아가 맞장구쳤다.

흠……. 알 수 없는 일이다. 드라이어드의 취향이란 건. 요정 같은 얼굴을 해가지구선.

잠시 침묵이 흐른 뒤, 하프 연주 소리와 함께 그녀가 부르는 바드송이 귓가에 파도처럼 밀려왔다 밀려간다.

눈앞에 있는 건 성해가 아닌가요? ♪

파도 위에 보이는 건 황금의 뱃머리. ♬

하지만 떠나간 내 님은 보이지 않네요. ♪

아니 벌써 돌아 오셨겠죠. 날 알아보지 못할 뿐. ♪

삐거덕! 쿵!

문짝 찌그러지는 소리가 들렸다.

아아, 이 경건한 분위기가 무참히 깨져버린 것을 한탄하는 신음소리가 여기저기서 터져 나왔다. 나를 포함해서 모두의 분노 어린 시선이 소리가 나는 방향으로 쏠렸다. 다들 거친 사내들이다. 어떤 놈인지 면상이나 좀 보자.

"하악하악."

분위기를 깬 정체불명의 침입자는 문간에 기댄 채 고개를 푹 숙이고는 가쁜 숨을 몰아쉬고 있었다. 꼭 뭔가에 쫓기는 사람처럼 말이다. 뭐냐, 저 녀석은?

불청객은 회색 포대 같은 걸 바닥에 내려놨는데 생긴 걸로 봐서 하프라든가 비슷한 악기류가 들어갈 만한 그리 크지 않는 자루였다. 그냥 어깨에 달랑 메면 될 것을……이라는 건 저놈이 덩치가 작거나 허약해 빠진 사내라는 뜻. 뭐 어느 쪽이든 이제 곧 알게 되겠지. 분위기 깬 죗값으로 잔뜩 화가 난 선술집 사내들이 단단히 엉겨 붙을 준비를 하는 모양이니까.

그때 헐떡이던 녀석이 이제 좀 진정이 됐는지 심호흡을 길게 들이마시고는 다시 내뱉었다.

"여자?"

눈썰미 좋은 노아가 중얼거렸다. 그와 동시에 녀석이 고개를 들었다. 덩달아 감았던 눈도 번쩍 뜨는 게 예사롭지 않은 눈빛이다.

과연.......고개를 치켜 올린 녀석은 10대 후반이나 20대 초반쯤 돼 보이는, 체구는 작지만 단호한 눈빛에 꽤 반반한 얼굴을 한…… 응? 어디선가 본 듯한 여자였다. 어디서 봤더라.

"이봐 카카르 너한테로 오는 거 같은데?"

루카가 내 팔을 툭 쳤다.

"막 달려오시는 거 같은데."

노아가 마른 침을 꿀꺽 삼켰다.

"어, 어."

덕분에 우리 테이블은 일대 혼란에 빠졌다. 곁에 앉은 루카와 고타가 놀라 황급히 옆으로 비켜났다. 그 바람에 내가 앉아 있던 의자가 반쯤 돌아갔다.

"날았다!"

노아가 다급하게 위험을 알리며 소리쳤다. 상황 파악이 제대로 안 됐지만 나는 급한 대로 일단 양팔을 십자 형태로 모아 방어 자세를 취했다.

"올 테면 와랏!"

"멍청아, 뒤쪽이야!"

루카가 외치는 소리와 동시에 나는 본능적으로 황급히 몸을 회전시키려 했지만 늦어버렸다.

퍽!

아마 발바닥에 맞은 모양이다. 정신이 일순간 아득해졌다가 다시 밝아졌다. 눈앞에 벽이 보인다. 아니다. 이건 벽이 아니라 바닥이다. 아이고, 코야! 다음 순간 여자가 내 등이며 어깨며 뒤통수를 차례로 밟고 지나갔다. 이런 미친 여자가!

고타와 루카가 다리 풀린 나를 부축해 일으켜 세웠다. 워낙 순식간에 일어난 일이라 선술집의 사람들이 모두 어안이 벙벙해 있었다.

미친 여자는 저만치서 뭔가를 찾는 듯이 두리번거리고 있었다. 그러다 홱 고개를 돌리더니 잡아먹을 듯한 표정으로 이쪽을 째려보는 것이다. 환장하겠네. 뭐야, 이 여자.

사람들이 웅성웅성 내 주위로 모여들었다. 나는 누가 설명 좀 해 달라는 표정으로 주위를 둘러다 봤지만 다들 오옷! 하며 게슴츠레한 표정만 지을 뿐이다. 휴!

그중 한 놈의 눈꼬리가 올라가며 큰소리로 지껄여댔다.

"어이 카카르! 너 사고 쳤냐?"

그러자 너도 나도 한마디씩 거드는 것이다.

"책임질 일을 했으면 져야지. 카카캇."

"어디서 저런 승질 더러운 영계를 다 물었냐. 으하하하."

내 이럴 줄 알았다. 여기저기서 폭소가 터져 나왔다. 개노무 시키들. 재미있냐? 나도 뚜껑 열리면 감당하기 힘든 놈이란 걸 보여주지. 여기 횃불이 어디 있지? 아주 불춤을 추게 해 주마. 이놈들.

하지만 복수를 실행에 옮길 순 없었다. 미친 여자가 바로 턱 밑에까지 쫓아와서 나를 올려다보고 있었기 때문이다. 나는 가소롭기도 하고 어이가 없기도 하고 이걸 어디서부터 손을 봐야 쓰나, 고민에 빠졌다. 깍지 낀 내 주먹 뼈가 으득으득 소리를 내었다.

"그래, 이유는 묻지 않으마. 왜냐하면 이제부터 넌 내 손에……."

"어디 있어? 메렐레인 님!"

여자는 부르르 떨리는 듯한 목소리에다 금세라도 울어버릴 것 같은 눈동자를 면전에 들이댔다.

아, 그러고 보니 이제야 생각났다. 이 여자는 탑에서 본, 식판 들고 얼쩡대던 바로 그 몸종이 아닌가.

"오호라. 네가 바로 그……."

"어디 있냐니까!"

여자는 완전히 나란 존재는 무시한 채 "메렐레인 님! 메렐레인 님!"을 외치면서 여기저기 두리번거리고 있었다.

나도 슬슬 인내심이 바닥을 치기 시작했다. 암살자가 임무에 실패하고 보쌈질에 몸종한테 처맞기까지 하고 세간의 웃음거리가 됐다. 이제 어떡하나. 답은 뻔하다. 해답은 칼로 물으마.

"에잇! 모두 뽑아랏!"

스릉! 스릉! 스릉!

내 고함소리에 맞춰 루카, 노아, 고타가 일제히 검을 뽑아들었다.

그제야 여자는 근심어린 눈빛으로 뒤로 물러서는 것이다. 후후, 이미 늦었다. 웬만하면 노약자는 안 건드는 게 내 주의지만 너는 선을 넘었어.

그런데 여자의 입에서 다음 순간 튀어 나온 말은 내 예상과는 거리가 있었다.

"충고하지. 칼 도로 집어넣어, 오래 살고 싶으면."

말이 채 끝나기도 전에 나를 포함해 4명의 칼잡이 앞으로 뭔가 '팟' 하고 지나갔다. 너무 빨라서 보이지도 않았다.

어라, 무기가 어디로 갔냐? 어, 바닥이구나. 다음 순간 손목뼈가 뭉개지는 듯한 통증에 우리는 외마디 비명을 질렀다.

도대체 어디서 나온 거지? 두건을 둘러 얼굴도 보이지 않는 놈이 시퍼런 칼날을 내 목 밑에다 겨누고 있었다. 은색으로 차갑게 빛나는 날이 한쪽으로만 늘어선 '도'였다. 무서운 살기다. 생전 처음 느끼는 살기 때문에 몸을 꿈쩍일 수가 없다. 끄응.

하지만 여긴 선술집 하얀 한숨. 내겐 집이나 마찬가지다.

여기저기서 칼 빼는 소리가 들렸다. 여기 놈들은 다 내 동료. 어떡할래? 이제 4:1이 아니라 떼거리를 상대하게 됐으니.

"그만두세요."

그때였다. 일촉즉발 위기의 순간에 어떤 목소리가 들려왔다. 모두 고개를 소리 나는 방향으로 돌렸다.

뚜벅뚜벅.

목소리의 주인공이 선술집의 출입문을 닫고 있었다. 불빛이 약해 얼굴은 잘 보이지 않았지만 약간은 가냘프면서도 차분한 남자의 목소리가 어디선가 들어본 것도 같은데……. 이런저런 추리가 끝나기도 전에 남자는 밝은 불빛 아래로 들어왔다. 황갈색 이마 사이로 금속 머리 테가 보였다. 그리고 금속 머리 테 밑 옅은 윤곽의 창백한 얼굴이 부드럽게 미소 짓고 있었다.

우리는 모두 일제히 한쪽 무릎을 꿇고는 머리를 숙였다.

"힐데리크 전하!"

그는 반달 왕국의 지배자였다.

1장 3절

운명의 주사위

잠시 자리를 물러달라는 힐데리크 왕의 손짓에 선술집 '하얀 한숨'은 일찌감치 간판을 내렸다. 눈치 빠른 선술집의 여 주인 나기 아줌마는 우리를 2층의 작은 밀실로 인도했다.

출입문에서부터 시계 방향으로 힐데리크 왕과 메렐레인, 엘리사라는 이름의 여자, 그리고 기타 등등이 빙그르르 둘러앉았다. 그 오싹한 느낌의 칼잡이는 어디로 사라졌는지 보이지 않았다.

왕은 메렐레인을 잠시 응시하다 눈을 감았다. 메렐레인의 눈 또한 감긴 채 한동안 꼼짝하지 않았다. 어색한 침묵의 시간이 흘렀다.

나는 소맷자락에서 동전 하나를 빼내 손가락 사이에 끼웠다. 뭔가 생각이 좀 필요할 때 항상 내가 버릇처럼 하는 행동이다. 동전이 손가락 사이를 천천히 움직이기 시작하자 나는 오늘 일어난 일련의 상황들이 서로 연결고리를 가지고 있는지 추론해 보았다.

처음에 나는 왕이 성에서 도망친 자신의 아름다운 물건(?)을 되찾으러 온 줄 알았다. 하지만 그 생각은 곧 포기했다. 군대도, 하다못해 수행하는 호위 무사도 없는 그는 혈혈단신이었으니까 말이다.

그러면 왜, 왜 이런 야밤에 한 나라의 지존이라 할 수 있는 자가 맨손으로 여기까지 찾아와 저 자리에 앉아 있는 것일까. 온갖 향락과 악이라면 악일 수 있는 무리들이 판치는 이 매캐한 어둠의 소굴에 말이다. 그녀를 바라보는 시선이 예사롭지 않다. 그녀와는 무슨 관계일까. 아니 그러고 보니 나는 메렐레인의 정체에 대해 아는 게 없다. 흠, 그녀는 왕의 첩이라든가 뭐 그런 걸까. 탑에는 왜 갇혀 있었던 것일까. 왕 앞에 놓인 아까 본 자루는 대체 뭘까? 포대기 크기와 모양으로 봐서 하프 비슷한 게 들어있는 거 같은데. 마고 이 자식, 뭔가 숨기는 게 있었군.

나는 그림자 길드의 두령인 하얀 구레나룻 마고의 음험한 미소를 떠올렸다. 하긴 앞뒤 안 따지고 덥석 문 내 잘못이다. 생각이 꼬리에 꼬리를 물자 손가락에 낀 동전은 아까보다 훨씬 빨리 움직이고 있었다.

"야, 카카르, 정신없어. 다들 쳐다보잖아."

보다 못한 노아가 나지막하게 속삭이며 윽박질렀다.

아, 궁금해 죽겠네. 뭐라 말 좀 해보지. 고개만 숙이고들 있지 말고. 나는 무언을 견디는 덴 젬병인 체질이다. 예전부터 그랬다. 그런데 그때 나만큼이나 침묵에 적응이 덜 된 우리의 눈치 없는 친구 고타가 입을 열었다.

"저기, 전하 주무십니까? 웁!"

하핫. 노아가 타이밍 더럽게 틀어막았다. 이런 우라질. 그와 동시에 내 손등에서 떨어진 동전이 탁자 위를 굴렀다. 탁! 또르르르. 모두의 시선이 침묵을 깬 작은 금속의 움직임을 따라 갔다. 동전은 갈 지 자 걸음으로 잘도 굴러가더니만 왕의 바로 앞에서 스물스물 하고 무너졌다.

'챙' 하는 금속음 소리에 힐데리크 왕이 눈을 떴다. 뭔가 결정했다는 눈빛이 된 왕은 가지고 온 회색 자루를 메렐레인의 앞으로 슬며시 내미는 것이다.

포대기를 물끄러미 바라보던 메렐레인의 목소리가 신음하듯 기어들어갔다.

"전하……."

그제야 왕의 얼굴엔 평온한 미소가 번졌다.

"그럴 필요 없어요. 돌려줘야 할 걸 당연히 돌려주는 것뿐이니까."

"무사하시지 못할지도 모릅니다."

왕은 손바닥을 들어 보였다.

"난 일국의 군왕이지 않습니까. 그대에게 약한 모습 보이고 싶지 않소."

메렐레인의 호수 같은 초록빛 눈동자에 잔잔한 파문이 일었다. 그녀는 뭔가 말을 더 하려다 이쪽을 한번 흘깃 쳐다보고는 그만두었다.

힐데리크 왕은 쓴 웃음을 짓더니만 고개를 내게로 돌렸다.

"아, 그보다 그쪽은?"

"……."

노아가 어깨로 툭 쳤다.

나는 노아를 한 번 왕을 한 번 번갈아 바라보고는 손가락으로 나를 가리켜 보았다.

왕은 고개를 끄덕였다.

"카카르라 하옵니다만……."

"그래서 카카르 군 의뢰비는?"

"예?"

나는 순간 머리가 띵했다. 뭐냐, 어떻게 된 거냐. 그가 질문하는 바는 그러니까 암살 의뢰비로 얼마를 받기로 돼 있느냐, 뭐 그런 뜻 같은데 이 창백한 얼굴의 왕은 도대체 뭘 어디까지 알고 있는 것이냐. 나는 일단 영문을 모르겠다는 표정을 지었다.

"1백 솔리두스. 그건 왜?"

그때 루카가 불쑥하고 튀어나왔다. 모두 경악한 듯한 표정으로 이 반말을 지껄인 불한당에게로 시선을 모았다.

루카는 쏘는 듯한 차가운 눈빛으로 힐데리크 왕을 노려보고 있었다. 아차차 이 녀석을 잊고 있었지. 휴, 신경질적인 인상이 참 거시기한 내 친구 루카는…… 그런 녀석이다. 나는 루카의 권력 혐오증을 한동안 잊고 있었다.

실내의 공기가 얼어붙는 듯했다. 나는 힐데리크 왕의 안색을 살폈다. 그런데 의외였다. 이곳이 왕성이었다면 당장에라도 목이 달아났을 테지만 왕은 개의치 않은 듯 미소 짓고 있는 게 아닌가.

왕은 알았다는 듯 고개를 한번 끄덕이고는 품에서 뭔가를 꺼내 탁자 위에 내려놓았다.

"여기, 2백이네."

"……?"

탁자에 놓인 건 돈주머니였다.

"1백은 선 계약 파기에 대한 위약금이고 나머지 1백은 새로운 계약에 대한 선금일세."

"선금이라시면……."

"뜬금없이 너무 일방적이지만 왕이란 게 그렇잖은가. 나는 명령하고 그대는 고개를 끄덕이고."

나는 난처한 표정으로 힐데리크 왕을 응시했다. 나는 아무것도 듣지 못했다. 알지 못하는 상태에서 라비린토스[23] 속으로 떠밀릴 수는 없는 노릇이다. 미궁의 끝에 보물이 있을지 미노타우로스가 있을지 알게 뭐냐. 그가 원하는 게 구체적으로 뭔지는 모르지만 한 가지는 잘 알지. 대개의 경우 예로부터 장사치나 지배자들의 입에서 튀어나온 얘기들은 별로 신용할 게 못 된다는 걸. 그게 이런 밀실 속에서 밀담의 형태로 진행됐을 경우에는 더더욱 그렇다. 정치는 음모와 별반 다르지 않다.

"농담일세."

내 심각한 표정에 눈치를 깐 것인지 왕은 너털웃음을 지으며 말했다.

"그냥 본론으로 들어가지. 별로 어려운건 아닐세. 저기 저 두 숙

23) 미궁. 영웅 테세우스가 미노타우르스를 죽이고 아리아드네의 실을 따라 살아 나왔다.

녀분을 라벤나[24]로 모셔주지 않겠나?"

라벤나? 라벤나라면 한때 세상을 쥐락펴락했던 그 로마 땅의 수도. 지금은 멸망하고 이민족의 땅이 되어 버린 그 로마의 라벤나 말인가.

"그렇지, 라벤나네."

아하, 그래서 메렐레인의 라틴어가 물 흐르듯 유창했구나. 한 가지는 알았다. 그녀는 고트인[25]이다. 지금 로마 땅을 지배하고 있는 건 고트인이니까.

그건 그렇고 조금 이상한 생각이 들었다. 카르타고에서 북쪽 시칠라아까지의 거리는 지척이다. 거기서 또 로마의 네오폴리스[26]나 오스티아 항[27]까지도 그리 멀지 않다. 힘 좋은 노잡이 십수 명에 갤리선[28] 한 척이면 별로 어렵지 않은 일이다. 그런데 왜 나일까. 게다가 이런 일에 2백 솔리두스라니.

"맞네. 한 가지 문제가 있긴 하지."

그럴 줄 알았다. 그리고 나는…… 조금 놀라웠다. 힐데리크 왕은 마치 내 머릿속이라도 읽은 듯이 선수를 치는 게 아닌가.

"쳇, 위험한 고기 냄새가 나는데."

루카가 비아냥거리듯 말했다. 팔짱을 낀 채 도발적인 눈빛. 저거 좀 어떻게 안 되나, 하는 느낌만 빼면 내가 하고 싶은 말 그대로이

24) 로마 말기 호노리우스 황제가 방어적 이유로 이곳으로 수도를 이전.
25) 게르만족 이동 시 스칸디나비아 반도에서 남하한 부족으로 반달족과 함께 가장 먼 거리를 이동한 민족 중 하나.
26) 지금의 나폴리
27) 티베레 강 하구에 건설된 로마의 외항.
28) 노로 움직이는 날렵한 배. 중세까지 지중해에서 흔히 볼 수 있었다.

긴 했다.

"아퀼라리아의 매사냥꾼은 사막여우가 잡히지 않으면 자신의 매에게 아주 맛난 고기를 먹인다지. 매는 그게 뭔지도 모른 채 막 쪼아대고 말이야. 큭큭."

루카는 시선을 내리깐 채 중얼거리듯 말했다

"뭔 소리니, 그게?"

건너편에 있던 엘리사가 퉁명하게 쏘아 붙였다. 빈정대는 반말 투가 어째 성별이 바뀐 루카 같아서 웃음이 났다. 녀석을 대신해서 내가 엘리사와 눈싸움을 벌인 덕분에 루카는 계속 말을 이을 수 있었다.

"매는 한번 솟구쳐 올랐다가 사막여우를 향해 곤두박질치지. 평소 같으면 여우가 매를 무는 건 불가능한 일. 그런데 그걸로 끝이야. 매는 다시 하늘로 못 돌아가. 물론 매를 문 여우도 끝이지. 뭔가 낌새를 챘을 땐 살을 파고든 송곳니를 통해 독을 이미 삼킨 후니까 말이야. 사냥꾼은 아무 일도 없었던 듯한 얼굴이지. 죽은 놈들은 피를 토하는데 말야. 후훗.

루카가 무슨 말을 하나 했더니 카르타고 동쪽 끝단 카프본 반도의 매사냥꾼에 얽힌 고사였다.

"한마디로 주인을 믿지 마라. 뭐 그런 뜻이지."

루카는 결론을 덧붙이는 걸 잊지 않았다.

"난 매사냥꾼도 아니고 당신네들 주인도 아니네만……."

그제야 힐데리크 왕은 다소 불쾌해진 듯 언성에 힘이 들어갔다.

루카도 그걸 알았는지 엘리사의 불타는 듯한 시선을 느끼며 고개를 옆으로 돌렸다. 나는 오히려 안심이 됐다. 의도하는 바에 뭔가 음험한 독이 들었다면 왕은 끝까지 태연했을 것이니까. 목숨이 달린 문제며, 로그들의 세계에선 일상적인 일이니 그도 굳이 우릴 나무랄 것도 없다.

그건 그렇고 주인이라……. 왕의 말이 틀린 건 아니다. 군왕의 법도가 미치지 않은 영역이 바로 우리가 속한 세계. 그래서 세금도 안 내지. 우릴 옭아매는 건 그저 우리 스스로가 세운 선택과 그 결과물일 뿐. 그건 선도 아니요, 악도 아닌 혼돈이란 이름의 자유. 그래서 우린 왕도 별로 두렵지 않을 수 있는 것이다. 멋지지 않은가. 이렇게 멋진 이유는 우리가 언제 죽을지 모르는 어둠에 속한 자이기 때문이다. 두려워하지 않으니까 또한 자유로울 수 있는 것. 하하, 어렵다.

여하튼 그 전에 반드시 짚고 넘어가야 할 게 있었고 나는 과감하게 질문을 던지기로 했다.

"전하, 외람된 질문이오나 여쭙겠습니다. 의뢰에 관해 어찌 알고 계시는지요?"

"……."

힐데리크 왕은 어쩔 수 없다는 표정으로 쓴 웃음을 짓더니만 메렐레인을 한 번, 엘리사를 한 번 돌아다봤다. 그녀들은 고개를 끄덕였다.

"알았네."

왕은 잠시 뜸을 들이더니만 이내 입을 열었다.

“길드 두령인 마고에게서 자네를 추천받았지. 일이 일인 만큼 마고도 자네에게 미리 언급할 수 없었을 걸세. 그를 탓하진 말게.”

하하하하. 마고, 마고라……. 다음에 보면 그 소중한 허연 구레나룻을 모조리 뽑아 말 먹이로 던져주마, 라고 마음속으로 외치며 나는 이를 으드득 씹었다.

“왕성엔 두 종류의 사람들이 있지. 내게 우호적인 자와 그렇지 못한 자들 말이네. 저 숙녀분들이야 내게 있어선 귀한 손님이지만 개중에는 적대적으로 생각하는 사람도 있지 않겠나. 강한 왕이라면 문제될 게 없지만 그렇지 못할 경우엔……”

힐데리크 왕은 말끝을 흐렸다.

“왕성에서 두 분을 무사히 빼내려면 이 방법밖엔 없었네.”

소리는 들리지 않았지만 입술 모양으로 봐서 그는 아마 짧은 한숨을 내쉬었을 것이다.

알 것 같았다. 항간에 떠도는 소문에 의하면 반달 왕국의 실세는 힐데리크 왕이 아니라 대장군 겔리메르[29]라는 걸 알 만한 사람은 다 아니까.

나는 왠지 힐데리크 왕이 측은한 생각마저 들었다.

“내가 말할 수 있는 건 이게 전부일세.”

“의뢰 내용을 말씀해 주십시오.”

내 태도 변화가 너무 빠른 탓일까. 힐데리크 왕은 약간 놀라는

29) 반달 왕국의 마지막 왕이 됨.

표정을 지었다. 루카가 뭔가 지껄이려고 했지만 나는 옆구리를 쿡 찔러 말하지 못하게 했다.

"그, 그러지."

왕은 헛기침을 몇 번 하더니만 이야기의 몸통을 차근차근 끄집어내기 시작했다.

의뢰 내용은 대략 이러했다.

첫째, 방법은 여하하든 간에 두 여자를 로마 땅으로 데리고 가는 것이 임무다.

둘째, 겔리메르의 선단이 카르타고 앞바다를 포위하고 있으므로 북쪽 바다로 탈출로를 잡아선 안 된다. 따라서 육로로 가든 해로로 가든 우린 동쪽으로 향해야 했다. 곳곳에 도사리고 있을 추격자들이나 도적떼의 출몰이라는 위험 요인도 감수해야 한다.

셋째, 의뢰인의 비밀을 절대 보장할 것. 따라서 임무 완수 전 생길 여러 의문에 대해 묻지도 알려고 하지도 말 것.

흠, 다행히 나는 배를 한 척 가지고 있긴 하다.

"쉬운 듯하면서도 쉽지 않은 임무군요."

여정의 어려움에 대해 대강의 설명을 할 필요성이 있었다. 나는 머리를 긁적이며 단도의 칼끝으로 탁자 위 여기저기에 홈을 파냈다. 우리가 있는 위치가 여기, 목적지가 여기 하는 식으로 쓱쓱 싹싹…….

첫 번째 난관은 적의 추격에 덜미를 잡히지 않으려면 밤에만 배를 몰아야 한다는 점이다. 그러나 야간 항행이 말처럼 쉬운 게 아니다. 이정표라곤 밤하늘에 별뿐이고 섣불리 육지에 접근했다간 암초에 난파되기 십상이다.

두 번째 난관은 지금이 항해하기 애매한 시기라는 점이다. 예년과 달리 북풍이 좀 일찍 부는 계절인데다 근래 바다가 사나워져서 모두들 배를 띄울 생각을 하지 않고 있던 차였다. 북풍이 불면 배가 맞바람을 받고 전진해야 한다. 노로 저어가는 갤리선이라면 모를까, 내 배는 난바다[30]를 항해하는 돛단배다.

"맞바람을 그대로 받고 가면 알렉산드리아에서 출발해도 로마까진 거의 두 달이 넘게 걸립니다."

"그러면 어떻게 하죠?"

침묵을 깨고 메렐레인이 걱정스런 표정으로 물어왔다.

나는 팔짱을 끼고 탁자 위에 아무렇게나 새긴 지도를 내려다보았다. 역풍을 거슬러 최대한 빨리 가려면 멀리 로도스 섬[31]과 크레타 섬[32]을 우회해서 가야 한다. 나는 한참을 골몰히 생각한 끝에 손가락으로 탁자 위의 특정 지점을 '여기' 하고 가리켰다.

"티로스[33]까지만 태워다 주죠."

"티로스?"

티로스는 레반트[34] 지역에 그리스인이 세운 식민지 중 하나다.

"예. 거기서 로마로 향하는 비정기 상선으로 갈아타면 됩니다. 브

30) 육지에서 멀리 떨어진 바다
31) 터키 남부에 있는 섬.
32) 그리스에서 가장 큰 섬. 미노스 왕, 테세우스, 이카로스 전설로 유명.
33) 고대 페니키아의 가장 큰 항구도시로 현재의 레바논 남부에 위치.
34) 동부 지중해 연안 지역을 아우르는 말.

린디시[35]에서 내린 후 라벤나까지는 육로로 올라가면 되니까요."

"그렇군."

힐데리크 왕은 잠시 생각하더니만 메렐레인과 엘리사를 번갈아 바라봤다. 그녀들은 아까처럼 또 고개를 끄덕였다.

"좋네. 계약 성립이네."

왕은 만족스러운 듯이 미소 지었고 메렐레인도 안도의 한숨을 내쉬었다.

탁자 위에 놓인 묵직한 돈주머니를 내려다봤다. 반 쯤 열린 주머니에서 번뜩이는 금화가 삐져나온 것이 보였다. 참, 보기만 해도 흐뭇하군. 나는 온화한 얼굴로 루카에게 눈짓을 보냈다. 빨리 쓸어 담아. 그러나……

"싫어, 임마."

녀석이 버럭 소리를 지르며 단박에 퇴짜를 놓았다.

실내 분위기가 또다시 얼어붙는 듯했다. 아하하, 이 자식 친구만 아니었으면 일찌감치 묻어 버렸을 텐데. 나는 힐데리크 왕과 메렐레인을 번갈아 바라보며 억지웃음을 지어 보였다.

"루카야, 거절할 수 있는 상황이 아니잖아. 분위기 파악 좀 해라."

"가려면 혼자 가."

"배는 혼자 못 몰거든. 잘 알잖아."

"싫다잖아."

끄응!

35) 이탈리아 반도 최남단에 위치한 항구도시

루카 녀석의 미간 주름에 로마 숫자 III이 그어졌다. 저건 신도 못 편다. 이쯤 되면 한번 해보자는 소리다.

나는 자리에서 서서히 몸을 일으켜 세웠다. 루카도 일어났다.

화가 나면 왜 눈에서 소리가 들리는 것일까. 불쏘시개 타들어가는 듯한 소리가 들리며 상대가 닭으로 보인다. 그 닭이 막 비웃고 있다. 내 목을 비틀어봐라. 이 자식아, 할 수 있으면 해봐라.

닭이 저만치 달아난다. 나는 분노의 손을 쭉 뻗는다. 모가지가 잡힌다. 나는 손아귀에 있는 힘을 다 집어넣는다.

"크헉!"

"……!"

"그만 하세요!"

"카카르, 그만!"

아우성치는 소리에 눈앞이 환해지고 정신이 돌아왔다. 손아귀에 잡힌 닭 모가지 비슷한 것의 정체를 천천히 확인했다. 고타였다. 나는 혀를 내밀고 있는 고타를 옆으로 밀쳐내고 어이없다는 표정을 짓고 저만치 물러서 있는 루카 쪽으로 점프할 준비를 했다.

그때 노아가 다급히 막아섰다.

"카카르, 그걸로 결정하자."

"그거?"

"응, 그거!"

여기서 그거란 동료들이 서로 의견이 갈렸을 때 신의 뜻을 빌어 결정해 오던 작은 물건을 말한다.

나는 흥분을 가라앉히고 주위를 둘러보았다.

힐데리크 왕은 출입문 쪽으로 바싹 붙어 있었고, 메렐레인은 킥킥거리며 웃고 있었고, 엘리사는 썩은 올리브 열매를 삼킬 때 짓는 표정을 하고 있었다.

"신한테 물어보자. 이후엔 절대 불만 없기다."

"내가 할 소리."

루카는 콧방귀를 뀌며 대답했다.

나는 방구석으로 가서 소지품을 뒤적거려 봤다. 어디에 뒀더라. 그거. 이쯤 있었는데. 아 여기 있다. 씩씩거리며 '그것'을 가지고 온 나는 탁자 위에다 조심스레 올렸다. 모두 그 작은 물건을 뚫어져라 쳐다보았다.

"이게 뭐죠?"

메렐레인이 호기심 가득한 눈을 하고는 고개를 쭉 뺐다.

"뭐야, 주사위잖아."

기대를 잔뜩 했는지 엘리사의 반응은 무척이나 무미건조했다.

"이건 그냥 주사위가 아냐. 헤르메스 신의 모자이크를 만들 때 쓰는 테세라 조각이야. 신의 의지가 담겨 있지."

말하자면 운명의 주사위인 셈이다.

"군말 없기다. 신의 발을 그린 면이 나오면 가는 거고 손이 나오면 여기 남는다."

나는 주사위를 손에 들고 최대한 경건하게 루카를 노려보았다.

"됐냐?"

"됐다."

나는 주먹을 꽉 쥐고는 천천히 숨을 들어 마셨다. 주위가 쥐죽은 듯 고요해졌다. 모두의 시선이 내 주먹을 따라 오르락내리락 했다. 하, 제법 긴장된다. 자, 그럼 해볼까.

"저기요!"

움찔! 아, 놀래라. 뭐야. 메렐레인이 날 부른 듯한 소리가 들려 그녀를 쳐다보았다.

"네?"

왜 그러냐는 표정인 걸로 봐서 그녀는 아니고 딴 사람인가?

"장난치지 말고 빨리 해!"

이런 우라질 반말녀가. 엘리사도 아닌가 보다. 그래 환청이다. 다시 한 번 메렐레인을 쳐다보자 그녀는 웃으며 힘내라는 듯 주먹을 쥐어보였다. 상냥한 여인이다. 내가 여태껏 보아온 그 누구보다.

이 단 한방에 그녀를 계속 볼 수도 못 볼 수도 있다고 생각하니. 왠지 서글픈 느낌이 들었다. 하지만 나는 헤르메스 신을 섬기는 자. 그의 지혜가 새겨진 이 테레라 조각에 운명을 걸어 보기로 했다. 정체불명의 여인과 인연을 계속 이어갈지 어떨지 말이다.

나는 주사위를 던졌다.

휙!

탁!

또르르르르……

"……."

"……."

"……."

휴! 메렐레인이 안도의 한숨을 내쉬었다. 내가 이러니 헤르메스 신을 좋아하지 않을 수가 없다.

1장 4절
멜카르트의 뿔

힐데리크 왕이 두 사람을 잘 부탁한다며 자리를 뜨자 새로운 문제가 터졌다.

메렐레인이 말하기를, 배를 타기 전에 갈 곳이 있다고 하였다. 물론 나는 흔쾌히 승낙했다. 하하하. 그런데 그 갈 곳이란 데가 바로 '바알[36]의 뿔'이라 불리며 모두들 꺼려하는 마의 산일 줄이야. 감사의 마음을 담은 그녀의 따듯한 눈길에 나는 땀에 젖은 미소로 화답했고, 등 뒤로 동료들의 시선이 불타는 듯 활활거렸지만 약간의 금화와 주먹다짐을 섞은 끝에 해결을 보았다.

잠깐 휴식을 취한 후에 우리는 야음을 틈타 길을 나서기로 했다. 이런 일에는 신속함이 절대적이다.

떠날 채비를 하는 와중에 선술집 여 주인 나기 아줌마가 들어와서는 한바탕 눈물바다가 됐다. 하긴…… 나는 사각턱에 머리가 희끗희끗한 억센 표정의 나기 아줌마를 그동안 '엄마'라고 불러왔으니까. 술값 깎으려고 한 소린데 지금 생각하면 후회스럽기도 하고

36) 페니키아의 신. 멜카르트.

미안하기도 하고. 자연스럽게 눈물보가 터졌다. 선술집 하얀 한숨은…… 내겐 집이나 다름없다. 여기 손님들은 다 내 식구나 마찬가지고.

나기 아줌마를 포함해 군터 형, 사카 형 등 선술집 식구들 몇몇이 가게 앞까지 배웅해 주었다. 살아서 돌아오라고. 제길, 죽긴 누가 죽는다고 재수 없게.

고타도 단발머리 린에게 이별을 고했다. 린은 펜던트를 벗어 고타의 목에 씌워줬다. 그리고 잠시 멈칫멈칫 하다 잽싸게 고타의 볼에 가벼운 키스 자국을 남기고는 뒤돌아 뛰어 들어가 버렸다. 요정과 괴수의 로맨스지만 나름 아름답다. 괴성을 지르는 고타. 귀뚜라미 더듬이처럼 공중에 흩날리는 저 물줄기는 나름 아픈 사랑의 표현이리라. 많이 좋아했나보다. 나는 안다. 그렇게 좋아하는데 놔두고 갈까? 아니 그래도 분명히 녀석은 뒤쫓아 온다. 그게 우리들이다. 벗이란 그런 건가 보다. 왠지 내게 있어 우정은 사랑보다 무겁더라. 그리고…… 이런 나의 천성이 훗날 죽음보다 더 잔혹한 고통 속으로 날 내팽개칠 거란 걸 그때는 알지 못했다.

바알의 뿔. 멀리서 보면 카르타고 시가지를 두 팔로 끌어안는 모습을 한, 양 끝단의 거대한 둔덕이 마치 두 개의 뿔을 가진 진노한 마신이 고개를 치켜드는 모습을 닮았다 하여 붙여진 이름이다.

소문에 따르면 그곳은 항상 안개에 쌓여 있고, 바람조차 차갑고 음산하며, 가끔씩 어딘가 명계로 이어지는 지하 통로로부터 원귀의 곡소리가 들려오곤 한다는데…… 사람들은 말한다. 발을 들여 놓는 자. 살아 돌아오지 못할지니. 물론 소문일 뿐이다.

"들어가는 놈이 없으니 돌아오는 놈도 당연히 없지."

루카는 발걸음을 옮기면서 투덜거렸다.

하악하악, 산을 오르는 건 역시 힘들다. 횃불을 든 채로 고타의 무거운 엉덩이를 밀어내며 루카 녀석의 푸념마저 듣고 가자니 더욱 힘들다. 그래서 난 산행 길의 맨 뒤쪽에 처져 있었다.

저 신경질적인 녀석이 말하기를 예전에 이곳은 올리브와 대추야자 나무가 끝없는 해원을 이룬 곳이었단다. 맑은 산중 폭포가 흘러내려와 시내를 이루고 낮은 멱 감는 아이들의 풍경, 밤엔 달빛이 포근하게 풀잎을 적셔 요정조차 잠이 드는 곳. 녀석의 할아버지의, 할아버지의, 또 그 할아버지 때부터 그랬단다. 이곳은 그들이 섬기는 신의 낙원이었으며 그 이름은 카르타고를 건설한 페니키아인들의 신 멜카르트였다.

"그러던 것이 언제부턴가 마신이 되어버렸지." 하며 포도주를 벌컥벌컥 들이마시던 루카의 달아오른 얼굴이 떠오른다. 자신이 자라고 태어난 곳에서조차 이방인이 된 자의 비애라고 해야할까. "빌어먹을 로마놈들!" 빌어먹을 반달놈들!" 하며 술주정의 마무리를 하고 바닥에 고꾸라지던 루카. 반은 페니키아인, 반은 베르베르인의 피가 흐르는 이 녀석은 아주 오래전부터 이 땅의 주인이었다.

그런저런 잡생각에 빠진 와중에 문득 이상하단 생각이 스쳤다.

이건…….

아까부터 자꾸 낯설고 어색한 배경에 둘러싸인 듯한 느낌이 든다 했는데 뭐냐, 이 말 같지도 않은 식물들은? 사방이 어두워 자세히 살피지 않으면 눈치 채기 어렵겠지만 우리는 꽤 오래전부터 관목 숲이나 사막 풀 사이를 휘젓고 올라가고 있었다. 사막풀이라니…… 허…… 참…… 마신이라 그런가. 핏기 없이 메마르고 거친 것이 마치 노파의 피부 위를 기어가는 느낌이었다. 게다가,

"카카르! 어째 수상한 냄새가 나는 거 같네."

루카가 눈치 챘는지 낮게 중얼거렸다. 다른 일행은 잘 못 느끼는 것 같았다. 미세하나마 공기 속에 섞인 냄새의 정체를 정확히 알 순 없었지만 유황 냄새와 양귀비 냄새가 반 쯤 혼합된 것 같은 독특한 향이었다.

"거참, 냄새 들이키고 돌 정도는 아니지만 여차하면 환각이라도 보겠는데? 쩝."

내 말에 루카가 동의하는 듯 피식 웃었다. 오래전에 녀석과 양귀비 잎으로 장난쳤던 일이 생각났다. 별로 좋은 기억은 아니다. 아무튼 불길한 생각에 입이 근질거렸지만 꾹 참았다. 일행들에 떠벌려 봐야 비명 지르고 여기저기 뛰어내리고 귀찮아지기만 할 뿐……. 특히 저 노랑 중발머리 여자.

응? 순간 나는 그녀의 엉덩이를 응시했다. 저런…… 탐스러운 것이 있나. 아니 오해의 소지가 있다. 내 시선을 잡아챈 건 정확하게 말하자면 그녀가 아니라 그녀의 엉덩이가 치고 지나간 것이기 때문이다. 잔가지에 매달린 그것. 주렁주렁하며 알롱달롱하며 탐스럽고

무척이나 향기로울 그것. 지금 여기서 발설하면 저 살진 고타가 미친 매처럼 날아올 모습을 보게 될 바로 그것. 포도가 아닌가.

나는 폴짝 뛰어올라 손이 닿는 가장 가까운 나뭇가지를 꺾어냈다. 임자 없는 은화를 주운 것처럼 삽시간에 기분이 좋아졌고 덕분에 발걸음도 가벼워졌다.

메렐레인은 우리보다 앞서 올라가고 있었다. 긴 드레스가 밟히고 잔가지에 걸리고 찢기고 했지만 뭐가 그리도 초조한지 가쁜 숨을 몰아쉬면서도 무거운 종종걸음을 열심히 옮기고 있었다.

"마녀가 맞다니까."

아까부터 고타가 의혹에 가득 찬 음성으로 내게 호소했다. 나는 아무 말도 않았다. 잠시 후에 생길 일이 눈에 훤했기 때문이다.

"아니면 이 밤중에 여길 왜 오겠어. 무덤이라도 파지 않고서야. 끄헉!"

엘리사가 고타의 등을 밟고 지나갔다. 그 잠시 후에 생길 일이었다. 뒤따라오던 루카와 노아도 심심했던지 한술씩 떴다

"여긴 지반이 부드럽네. 하핫."

"어디, 어디. 진짜네."

우리는 고타한테 잡히지 않기 위해 낄낄거리며 달음박질쳤다. 하하, 어디서 많이 보던 풍경이다 했는데. 간만에 옛날 생각을 하니 웃음이 절로 났다. 훔친 사과를 손에 쥐고 좁은 골목길을 내달릴 때도, 야적 떼에 쫓겨 하필 사막으로 도망칠 때도, 또 경쟁 조직 칼잡이들한테 둘러싸여 생사를 헤맬때도 이랬었지. 엎치락뒤치락. 너

석들은 늘 함께 있었지.

앞서거니 뒤서거니 하면서 달리듯이 올라가다보니 엇! 어느새 나는 메렐레인 옆에 와 있었다.

"좀 쉬어 갈까요? 헉헉."

그녀는 빙긋 웃더니만 고개를 가로저었다.

나는 행여 발을 잘못 디딜까 그녀의 걷는 속도에 맞춰 횃불을 낮게 비춰 줬다.

"고마워요."

고마워요. 고마워요. 고마워요.

나는 왠지 그녀의 앞을 걸어보고 싶어졌다. 그래서 그렇게 했다. 그 다음은…… 손을 내밀고 싶어졌다. 힘드시죠? 내가 당신의 무게를 조금 덜어드릴게요 후후. 그녀는 잘 부탁한다며 기꺼이 손을 내밀겠지. 후후. 나는 쑥스러운 듯 겸연쩍어하며 뒤통수를 쓸어 올렸다.

"괜……찮으세요?"

"예?"

"웃고 계셔서……."

"아. 예."

그녀가…… 싫어하진 않을까. 치근덕댄다고 생각은 하지 않을까.

메렐레인은 새근새근 숨을 몰아쉬며 걷다가 이따금 고개를 흘깃흘깃 쳐다봤다. 의식하고 있다는 소리다.

어쩌지? 에라 모르겠다. 기회는 자주 오는 게 아니다. 나는 떨리는 심정으로 과감하게 손을 '쑥' 하고 내밀었다. 그녀가 흠칫하며 뒤로 물러났다.

"헉! 메렐! 헉! 레인! 힘들지 않……. 헉헉."

아…… 무너진다. 왜, 어째서…… 그녀와 나란히 걸으면 숨이 두 배로 차오르는 걸까. 매정하게도 그녀는 손사래를 쳤다. 그리고는 배를 안고 한참을 소리 내어 킥킥거리는 것이다.

"하하하하하."

나는…… 왠지 내가 추잡하단 생각이 들었다.

"앞에 뭔 일 있어?"

"뭐야, 뭐. 같이 재미있자."

나는…… 이제 낙오하는 일만 남았다. 스물스물.

"아, 어, 저기요……."

메렐레인의 목소리는 들리지 않았다. 화끈거리는 몸뚱아리는 뒤로 미끄러지기만 할 뿐.

엘리사를 지나, 루카를 지나, 노아를 지나 나는 어느새 맨 밑의 고타와 나란히 걷고 있었다.

"카카르, 어디서 고기 냄새가 난다."

배고플 때도 됐다. 하지만 나는 고타의 투정에 일일이 대응할 기분이 아니었다. 앞서 가는 횃불에 행여나 내 얼굴이 비치진 않을까. 오늘 처음 알았다. 난 이렇게 소심한 놈이었나.

사람이 자학을 하면 힘들어도 힘든 줄 모른다더니 맞는 말 같다. 그렇게 한동안 아무 생각 없이 걸어 올라가다 보니 앞쪽에서 루카가 소리가 쳤다. 산 중턱이었다. 다 온 모양이다. 목적지엔 누군가가 이미 와서 기다리고 있었는데 얼굴을 가린 천이 바람에 팔랑이고 있었다.

"두건!"

선술집에서 본 그 녀석이었다. 그 녀석은 메렐레인이 다가오자 가볍게 눈인사를 하고는 한쪽으로 물러났고 덕분에 그 덩치에 가려 잘 보이지 않았던 뒤 풍경이 눈앞에 비로소 정체를 드러냈다. 우리가 목적지라고 생각했던 곳.

저것은…….

헉!

우리가 본 것은 푸르스름한 달빛에 드러나 나뭇가지로 엮은 십자가가 꽂힌 돌무더기가 빼곡히 보이고 완만한 경사지를 따라 시야가 닿는 지평선까지 끝도 없이 펼쳐진 거대한 공동 묘지였다. 신기하다기보다는 섬뜩하고 장엄하다기보다는 공포감이 압도하는 느낌.

언젠가 이집트에서 지하 묘지 카타콤을 보고 한동안 몸이 마비되었을 때도 이런 비슷한 느낌이었다. 바알의 뿔은 지금껏 이 거대한 무덤 계곡을 그 속에 품고 있었던 모양이다. 아래쪽에서 불어온 을씨년스런 바람이 사방에서 엄습해 오는 원혼의 곡소리처럼 산자의 머리채를 쭈뼛쭈뼛 할퀴어댔다.

우리는 너 나 할 거 없이 본능적으로 몇 발짝 뒤로 물러났는데 한 사람 예외가 있었다. 메렐레인은 흙 묻은 치맛자락을 탈탈 털어

내더니 천천히 그 무덤의 계곡 아래로 내려가기 시작했다.

누군가 여기 묻힌 사람이 있는 것일까. 떠나기 전 그 불귀의 객에게 묵도라도 드리러 온 것일까.

우리는 그냥 지켜보기로 했다.

메렐레인은 가로, 세로 돌무지의 숫자를 세어보더니 횡으로 수십 발짝, 종으로 수십 발짝을 걸어가더니만 걸음을 딱 하고 멈춰 섰다. 그리고는…… 맨 손으로…… 무덤을 파내기 시작했다.

꼴깍! 마른 침이 넘어갔다. 두건 사나이와 엘리사를 제외하고 우리는 모두 낮은 포복 자세로 그 모습을 지켜봤다.

메렐레인은 흙 파내기를 멈추고는 고개를 갸우뚱했다. '여기가 아니잖아' 하는 표정. 그녀는 다시 가로, 세로 숫자를 세어 보더니만 다른 곳으로 이동해서 같은 동작을 반복했다. 메렐레인의 행동은 기이하기만 했다. 왜 저럴까.

"마, 마녀가 아니면 내 손에 장을……."

나는 달달거리는 고타의 대가리를 흙 속에 꾸욱 밀어 넣었다.

그때 메렐레인이 동작을 멈추었다. 그리고 땅 속에서 뭔가를 꺼내 드는 것이다. 상자? 꺼낸 것은 조그만 상자였다. 잠시 그 상자를 물끄러미 바라보더니만 볼에다 대고 부비며 이내 흐느끼기 시작하는 메렐레인.

그녀의 눈에 가랑가랑 맺혀 있던 눈물이 이윽고 볼을 타고 내려왔다. 달빛에 물든 밤공기 속으로 투명한 야광체처럼 방울방울 흩어져 내리는 낙루.

뭘까? 저 상자 속의 주인공은 뭐기에 저리도 여인의 시리도록 아름다운 슬픔을 독차지하는 것일까. 나는 괜히 화가 났다. 그리고 그런 날 의혹의 눈빛으로 유심히 지켜보는 시선이 있었으니 엘리사였다. 행여 감추고픈 속내를 들킬까 나는 고개를 홱 돌려 있지도 않은 어둠 속 물체를 향해 '엇!' 하고 소리를 질렀다.

예상대로 엘리사가 화들짝 겁을 집어먹고 뒤로 물러났다. 후후.

"스릉!"

칼 뽑는 소리가 들리는가 싶더니 두건이 내가 고개를 돌린 곳으로 다가갔다. 그리고는 매서운 눈빛으로 어둠 속을 향해 검을 겨누는 것이다.

아냐, 장난이라니깐. 거긴 아무것도.....응? 그 아무것도 아니라고 생각했던 어둠 저편으로 사람의 형체 같은 것이 어렷 보였다.

"엄마얏!"

엘리사가 귀신이라도 본 것처럼 비명을 질렀다.

물론 귀신은 아니다. 덜거덕! 덜거덕! 귀신은 결코 금속 갑주를 입고 걸어갈 때 생기는 소리를 내지 않기 때문이다.

어디 보자, 하나, 둘, 넷, 다섯하고…… 또 한 명. 대충 어림셈을 해보자 불청객들은 예닐곱쯤 돼 보이는 비늘 갑옷으로 무장한 병사들이었다.

우리는 만일의 사태를 위해 메렐레인을 둥글게 에워쌌다.

자객인가? 음, 등장 방법이나 칼을 뽑지 않은 걸로 봐서. 자객은 아닌 것 같고 뭐지, 애네들.

발걸음이 뚜벅뚜벅 다가오자 횃불에 비친 적의 얼굴이 하나 둘 드러났다. 비늘 갑옷에 문장이 새겨진 게 보인다. 칼과 방패가 교차한 듯한 형태인데…….

나는 한숨이 절로 뿜어져 나왔다. 그들은 반달족 군인들이었다.

"여! 재밌는 데서 또 만나네. 말 꼬랑지!"

굵은 톤에 귀에 익은 목소리가 내 쪽으로 다가왔다. 떡 벌어진 어깨에 우람찬 팔 근육을 가진 사나이가 민둥머리를 쓸어 올리며 씩 웃는다. 내가 잘 아는 얼굴이었다.

"스탄!"

정말 요 며칠간 알 수 없는 일의 연속이었다. 이젠 산중 공동묘지에서 반달 전사들과 술래잡기를 할 차례인가.

오 헤르메스 신이시여. 좀 과하신 게 아니신지.

나는 괜히 죄 없는 신을 욕하며 오만상을 찌푸렸다.

"별로 안 반가운 얼굴이네."

스탄이 어깨에 짊어진 거대한 대검을 흔들며 비아냥거렸다.

"어찌 오셨나?"

"어쩌긴, 잡으러 오셨지."

"장난이요? 어떻게 알고 왔냐니깐."

뭔 대단한 비밀이라고 스탄은 덩치에 안 어울리게 킥킥대고 건들거리며 아주 재미있어 하는 게 가관이었다.

"뭐 중요하겠냐마는 알려주지. 네 녀석 두목 마고인가, 하튼 그놈의 친절한 밀고가 있었지. 하얀 하품인가 뭔가를 덮친 다음에 몇

놈 조지니까 순순히 불더구만."

간에 붙었다 쓸개에 붙었다, 마고, 내 이 자식을…….

"거기 선술집 놈들은 거칠어. 팬다고 기는 놈들이 아니거든."

나는 콧방귀를 뀌며 대꾸했다.

"몽둥이라곤 얘기 안 했는데……."

스탄은 입꼬리를 치켜 올리고는 오른손 검지와 엄지로 동그라미를 그려 보였다.

"덩치만 큰 줄 알았는데 교활하기까지 하군."

실망과 분노의 감정이 복잡하게 얽혀 내 목소리는 자못 일그러져 있었다. 그러다가 세차게 머리를 흔들었다. 그럴 리가 없으니까. 거짓말 하지마라, 이 자식아. 형제들이 날 배신할 리가 없잖아.

"다친다. 오래 살아야지. 응? 물건과 여자만 넘겨라."

나는 스탄과 잡담을 주고받으면서도 머리로 어느 정도 계산을 때리고 있었다. 저쪽은 숙련된 군인 7명, 이쪽은 두건 1명, 양아치 4명, 나머지는 부녀자. 저쪽은 비늘 갑옷에 롱 소드, 이쪽은 두건을 제외하고…… 보자. 단검에 다트에 손도끼에……. 쩝. 쪽수로도 밀리고 무장으로도 밀리고 실력은 더더욱 밀릴 터. 붙어 보나 마나다. 어떻게 싸우느냐가 문제가 아니라 메렐레인 등을 데리고 어떻게 무사히 도망가느냐가 문제였다.

머릿속으로 이런저런 전략을 짜느라 고심하고 있을 때였다. 그때까지 부동자세로 적을 노려보고 있던 두건이 갑자기 걷더니만 뛰더니만 스탄을 향해 돌진하기 시작했다. 순식간이었다.

스탄도 갑작스런 돌격에 당황했는지 뒤로 물러서는 듯하더니만 이내 눈빛을 번뜩이며 어깨에 멘 대검을 두 손으로 움켜잡았다.

부웅!

두건과 충돌하기 직전 스탄이 휘두른 풀 스윙이 상대가 달려드는 타이밍에 맞춰 공간을 수평으로 갈라 버렸다. 저 불끈한 혈관의 팔 근육이 휘두르는 대검은 결코 날카롭지 않다. 황소의 두개골이라도 형체 없이 박살낼 뿐이다. 하지만 육중한 대검이 가르고 지나간 공간에는 아무것도 없었다.

"위, 위다."

과연……. 대검의 진행 방향에서 사라진 두건은 이미 허공으로 날아오른 뒤 곧바로 스탄의 머리 위로 급강하 중이었다.

두건의 손에 쥔 칼은 어느새 두 자루가 되어 있었다.

이도류?

눈 깜짝 할 새에 두 자루의 칼은 번개처럼 스탄의 머리를 향해 날아들었다. 끝인가? 내 눈에는 순간 그렇게 보였다. 비늘 갑옷으로 덮인 몸통과 달리 스탄은 투구를 쓰고 있지 않았다. 처음부터 노리고 있었던 것으로 보인다.

하지만 젊은 반달족 전사도 만만치 않았다. 내리꽂히는 일격이 이마를 강타할 찰나. 교차한 양팔을 튕겨내듯 들어 올려 간발의 차로 그것을 막아낸 것이다.

카캉!

금속 파열음이 어둠을 깨고 흩어졌다. 두건의 쌍검을 막은 건 그의 철제 손목 보호구였다.

스탄의 이마에 핏방울이 맺히는가 싶더니 줄기가 되어 흘러내렸다. 이어 보호구는 이음새 부분이 뽑히며 두 동강이 난 채 땅 위에 널부러지고 말았다.

"민둥머리가 졌네. 세다, 저 자식."

루카가 마른침을 삼키며 말했다.

내 눈에는 둘 다 괴물로 보였지만 루카의 말이 틀린 건 아니었다. 그런 미친 몸놀림을 보이고도 두건 녀석은 긴장이나 분노 같은 것과는 거리가 먼 텅 빈 눈빛을 하고 있었다. 언젠가 들은 적이 있다. 전투에서건 결투에서건 그런 텅 빈 눈빛을 한 칼잡이는 지극히 위험한 부류일 가능성이 많다고.

"게다가 녀석의 칼……."

루카가 반 탄식하는 투로 중얼거렸다.

스탄의 이마를 겨누고 있는 칼의 검신이 돌아가 있었다. 녀석이 휘두른 것은 칼날이 아니라 칼등이었다. 진심으로 할 생각이 처음부터 없었던 것이다.

스탄 정도의 전사를 굴욕이라 할 수 있을 정도로 간단하게 제압해버리다니……. 도대체 어떻게 된 놈일까, 저 녀석은.

바람에 섞인 버드나무처럼 버티고 선 녀석의 눈에서 사람을 얼어붙게 만드는 한기가 뿜어져 나오는 걸 느꼈다. 녀석의 눈빛은 손에 쥔 검의 칼날만큼이나 창백했다.

"재밌는 놈이네."

위축되어 있을 줄 알았던 스탄의 입꼬리가 한쪽으로 올라갔다. 열린 입꼬리 사이로 번쩍이는 게 보였다. 그건…… 하얀 치아가 발하는 악마의 미소였다.

게다가 이번엔 흥얼거리며 노래까지 부르는 것이다.

곰 가죽을 뒤집어 쓴 미친 도끼쟁이!

도끼쟁이는 나무 대신 자신을 벤다네! 두려움을 벤다네!

힘과 명예 앞에선 죽음조차 달콤해!

기쁘게 흘릴 우리 붉은 용기!

적의 피로 물들인 강을 거슬러 올라!

내일은 발하라[37]에서 영광의 뿔 술잔을!

찰카닥! 하고 두건이 쥔 칼의 검신이 돌아갔다. 고개를 두어 번 갸우뚱하다 기이한 광경이 도발로 보였는지 위협으로 보였는지는 모르겠지만 어쨌든 푸르스름한 날이 당장이라도 베어버릴 듯 상대를 노려보고 있었다.

그때였다.

"칼싸움은 졌다만 이건 어떨까?"

스탄이 기합소리와 함께 갑자기 발길질을 했다. 흙먼지가 튀었고 그중 일부는 두건을 향해 날아들었다. 두건이 잠시 주춤하며 뒤로 물러서자 스탄의 주먹이 포물선 궤적을 그리며 번개같이 날아들었다.

퍽억!

큰 놈이 저렇게 비겁할 수도 있다니. 소인배 자식. 하지만 나름

37) 북유럽 신화. 오딘이 거주하는 천상의 궁전.

멋지다. 치사하든 당당하든 용기란건 사람들 흥분하게 만드는 법이다. 화려하니까. 저 새끼 진짜 전사군.

아무튼 스탄의 제1격은 정확하게 두건의 얼굴에 꽂혔다. 비틀비틀. 단 한방에 두건은 정신이 반쯤 나간 듯 보였다.

그걸 본 반달 사나이가 기회를 놓칠 리가 없었다. 두 번째 주먹이 천둥신이 던진 해머처럼 바람을 가르며 날아들었다.

팍!

또 들어갔나? 이번에는 소리가 좀 이상했는데.

순간적으로 주위의 흙먼지가 들고 일어난 데다 어두워서 잘 보이지가 않았다.

흠!

잠시 후 달빛에 걷힌 지면 위로 묘한 광경이 드러났다. X자 형태로 두 사내가 얽혀 있는 모습이 시야에 들어왔다. 순간 우리는 모두 경악했다. 분노로 붉게 물든 눈을 한 두건 녀석이 거친 숨을 몰아쉬며 스탄의 팔을 비틀고 있는 게 아닌가.

스탄의 주먹이 꽂힌 곳은 두건의 얼굴이 아니라 손바닥이었다. 두건의 다른 쪽 손바닥은 상대의 팔꿈치를 안에서부터 밖으로 밀어내고 덕분에 스탄은 묘한 자세로 팔이 꺾인 채 땅에 얼굴을 처박고 있었다.

"무, 무슨 기술이야, 저거?"

"헉!"

"저 녀석 볼수록 굉장한데!"

우리는 생전 처음 보는 싸움 기술에 모두 넋을 놓고 있었다. 저 녀석 단순히 두건만 쓰고 있는 게 아니라 속에 엄청난 실력을 숨기고 있었군. 저런 전사가 있단 소린 들어보지 못했다.

하지만 마냥 흥분하고만 있을 수만은 없었다.

엘리사가 비명을 질렀고 뒤돌아보자 우리가 정신을 못 차리고 있는 사이 메렐레인이 있는 방향으로 스탄의 병사들이 몰려들고 있었다. 노아와 고타가 앞뒤로 서 있었지만 그녀가 위험했다.

이것저것 생각할 겨를이 없었다. 나는 단도를 꺼내고 들고 배에 기합을 넣었다. 으라차차!

그때 루카가 어깨를 잡아끌었다.

"인생 여기서 끝낼래? 그걸로 뭐 하려고? 너답지 않게 왜 그래!"

나는 루카의 고함소리에 정신이 들었다.

"우리 죽으면 저 여자도 끝이다. 정신 차려, 카카르!"

맞는 말이긴 했다. 왜 이러지? 대책 없이 흥분해 가지고……. 이런 건 루카의 말대로 전혀 지혜롭지 못한 행동이다. 하지만…… 어쩔까. 응. 어떡하지? 벌써 스탄의 병사들이 저렇게 메렐레인을 빙 둘러싸 버렸는데.

메렐레인은 미동도 하지 않았다. 자포자기한 것일까. 아니, 조금 다르다. 그녀의 눈빛은 조금 달랐다. 두려움 없는 단호함 같은 게 마치 오라처럼 그녀의 몸 전체에서 뻗어 나왔다. 마치 어떠한 범접도 허용치 않겠다는 듯 "물러서세요!" 하며 말하는 듯한 일종의 고결한 기운 같은 거 말이다.

그 때문인지 병사들은 주춤주춤 다음 행동으로 쉽사리 옮겨가지 못하는 듯했다.

아무튼 이럴 때가 아니다. 나는 여기서 그녀를 잃을 마음은 추호도 없으니까. 나는 주섬주섬 상의 속에 숨겨둔 가죽 홀딩 백을 꺼내들었다. 뭐가 들어 있더라? 어디…… 목각인형? 이건 아니군. 머리털 뭉치? 왜 이런 게 들어 있는 거야? 슬링[38] 같은 원거리 공격용 무기를 어디 넣어둔 거 같았는데 도무지 찾을 수가 없었다. 그때, 홀딩 백에서 낡은 양피지 스크롤 하나가 나왔다.

응? 이건…….

그건 한 3년 전쯤 알 만한 사람은 다 아는 알렉산드리아 야시장에서 어떤 유대인 거지로부터 빵 한 조각 던져주고 얻은, 그 유대인의 말을 빌리자면, 자칭 최강의 아이템이었다. 이름하여 타우루스 디아볼루스! 뿔 달린 악마란 뜻 정도 되겠다. 거의 공짜로 얻은 거라 처박아두고 까맣게 잊고 있었다.

이거 정말 효과가 있을까? 나는 그때 유대인이 가르쳐 주었던 사용법을 떠 올려 보았다 에라! 제대로 생각날 리 없었다. 나는 지면에 삼각형이 2개 겹쳐진 그림을 재빨리 그린 뒤 스크롤에 적힌 카발라[39] 신성문자를 대충 읽고는 땅에다 던졌다.

번쩍!

강렬한 빛 때문인지 눈앞이 잠시 깜깜해졌다 다시 밝아졌다. 나

38) 새총
39) 유대교 신비주의 가르침으로 카발라를 행하는 자를 카발리스트라 부름

는 손등으로 눈을 비비고는 스크롤을 던진 곳을 주시했다. 땅이 꿈틀거리고 있었다. 보고도 믿을 수가 없었다. 지면이 수프 끓듯 이글거리더니 이내 땅 밑의 심연에서 뭔가가 급속한 속도로 올라오는 소리가 들렸다.

"루카! 저거 들리냐?"

루카는 대답 대신 귀를 막았다 뗐다 했다.

슈슈숙! 쿵쾅쿵쾅!

곧이어 바위가 으스러지는 듯한 무겁고 거친 진동음이 주변 공기를 때려 부수자. 나와 루카의 입과 동공은 반쯤 열린 상태로 굳어버렸다.

스탄과 두건은 아랑곳하지 않고 저만치 흙먼지 속을 뒹굴고 있었다. 그리고 잠시 후,

"우오오오오오"

유황 냄새가 진동한다 싶더니 이내 짐승의 소리가 고막을 울렸다.

"히익! 뿌, 뿔이다."

루카가 질린 얼굴로 그 자리에 주저 앉아버렸다.

말 머리만 한 크기의 회색 외뿔이 나오고 뒤이어 빨갛게 타오르는 두 눈이 떠오르고 황소의 얼굴을 한 시커먼 짐승이 어미의 자궁을 밀어내듯 지면으로부터 탈출하고 있었다.

저

것

이

바로 타우루스 디아볼루스!

어른 키 두 배가 훨씬 넘어 보이는 덩치가 앞에 떡하고 서니 하늘이 다 가려질 정도였다.

"쉭! 쉭!"

몹시 흥분한 숨소리를 내며 분노에 찬 짐승은 충혈된 눈으로 상대를 째려보고 있었다. 병사들 십수 명은 간단히 날려버릴 만한 압도적인 덩치와 존재감이 시야를 다 채우고 있었다.

아무튼 이것으로 승리는 일단 확정적이었다. 왜냐하면 저건 어쨌든 내가 불러내었고 녀석은 내 명령에 복종해야 할 의무가 있었다. 나는 회심의 미소를 날리려다 말았다. 조금 문제가 있었다.

"어째 째려보는 방향이 저쪽이 아니라 이쪽인 거 같지 않냐?"

루카가 침을 꼴깍거리며 말했다.

하하하. 이런, 젠장 맞을!

"튀엇!"

내가 반쯤 숨넘어가는 소리로 외치자 짐승의 육중한 몸이 우리를 향해 돌진하기 시작했다

쿵! 쿵! 쿵! 쿵!

"이 새끼야, 후진이 아니란 말이다. 으허헝."

"카카르, 이런 한심한 놈."

나와 루카는 눈물을 좍좍 뽑으며 도망치기 시작했다. 아, 달빛은 참 아름답다. 역시 싼 건 비지떡일 수밖에 없었다. 그렇게 한참을

이리 달리고 저리 달렸다. 사기꾼 같은 유대인 놈의 면상을 곱씹은 채 언젠가 복수하리라 다짐하던 나는 문득 이게 아니지 하며 뒤를 돌아다 봤다.

메렐레인을 잊고 있었다. 멍청한 카카르! 그녀는 어디 있나? 괜찮나? 아 저기 있군. 그런데 저것은…….

메렐레인의 주위로 파란 아지랑이 같은 게 마구 튀었다. 그녀 쪽으로 정신없이 달려드는 놈들을 아지랑이가 번개처럼 하나하나 밀어내고 있었다. 아지랑이는…… 다름 아닌…… 한 남자가 휘두르는 2개의 검에서 나오는 검기였다. 그 검기는 여덟 개로 갈라져 검무처럼 아름답게 춤추는 게 마치 천사의 날개가 허공에 휘날리는 것처럼 보였다.

두건?

우오오오! 짐승의 소리가 들렸다. 그렇지, 덩치한테 쫓기고 있었지. 뒤를 돌아다 봤을 때, 한심한 뿔 악마는 벌써 약발이 다 됐는지 갈라진 땅속으로 머리를 처박고 있었다. 집에 갈 모양이다.

언젠가 들은 적이 있다. 달빛 아래 그런 검무를 추듯 적들과 싸우는 무적의 검사가 있다는 소문을.

"저건!"

동료들이 외쳤다.

나는 지혜로운 카카르. 저게 뭔지 모를 리 없다.

"성 천사 미카엘[40]의 날개!"

40) 기독교의 천사 중 최고위 천사인 치천사에 해당

"사, 사신의 환형도!"

우리는 그 몽롱한 검무에 매료되어 자리에 한동안 멈춰 섰다. 그리고 스탄을 비롯해 몇몇 기절한 병사를 데리고 어둠속으로 꽁무니를 빼는 반달 병사들을 보았다.

나는 두건의 이름을 알고 있다. 젊은 나이에 벌써 전설이라 부르며 인구에 회자되는 자. 훈족이라고도 하고 아니 더 먼 동쪽 출신이라고도 하고 소문만 무성한 채 태생도 이름도 모르는 자. 그래서 나와 비슷한 얼굴색에 까만 눈동자를 한……. 그를 분명 사람들은 '월영'이라 불렀다.

한밤중의 소동은 그렇게 일단락되었다. 하지만 겔리메르의 추격이 이것으로 마지막은 아닐 것이다. 반달 추격자들의 포위망이 형성되기 전에 배를 타야 한다. 그리고 내 배, 섹시한 여신호는 북쪽 히포자리투스[41]의 선착장에 있다. 히포자리투스는 야음을 틈타 북으로 반나절을 달리면 나오는 카르타고 끝단의 해안도시다. 배를 타려면 준비해야 할 게 많다. 히포자리투스에 도착해 하루 만에 승선 절차를 마치려면 쉬지 않고 말을 달려야 한다.

내려오는 길에 메렐레인이 내 옆을 걸었다.

"저기…… 아까는 웃어서 미안했어요. 횃불에 머리가 타고 있길래 그만……."

엥?

41) 현재의 비제르트. 1942년 독일군에 점령되어 추축군 기지로 사용되었다.

노아가 얼른 횃불을 내 쪽으로 내밀었다.

머리 오른쪽 부분이 반쯤 홀라당 날아가고 없었다. 하핫! 그래서 고타가 고기 타는 냄새가 난다고 했던 거구나.

"카카르, 너, 너."

노아가 손가락질을 해댔다

"하하하하핫, 카카르. 카카카캇!"

루카와 고타는 눈물까지 흘려가며 괴로운 듯 웃어댔다.

그때 엘리사가 이상한 듯이 나를 빤히 쳐다봤다. 나도 웃고 있었으니까 말이다. 물론 그들과는 다른 의미의 웃음. 안도의 웃음이었다. 아! 메렐레인이 날 싫어한다거나 뭐 그런 게 아니었구나.

"그건 그렇고, 아까 그 짐승, 정말 그런 게 있을 줄이야."

나는 이마를 닦아 내며 안도의 한숨을 내 쉬었다.

"응? 뭐? 짐승이라니……."

노아가 어리둥절한 표정으로 반문했다.

"바보야, 뿔 달린 악마 말이야. 그놈에게 쫓겨 다녔잖아."하며 루카가 거들었다.

노아는 고타를 돌아다 봤다. 고타는 어깨를 들썩였다. 이상한 생각에 나는 메렐레인과, 엘리사 그리고 월영이라는 이름의 두건놈에게까지 확인을 해봤다. 그러나 역시나 모두 고개만 가로 저을 뿐이다.

루카와 나는 벌레 씹은 얼굴로 서로를 쳐다보았다.

"우리. 약 안한 지 오래 됐잖아."

루카의 말대로였다. 어떻게 된 걸까? 유황 냄새, 양귀비 냄새 때문에 환영이라도 본 것인가. 나는 한참 머리를 굴렸지만 곧 생각을 멈췄다. 더 이상 그러고 싶지도 그럴 여력도 없었다. 피로에 온몸이 저려오고 있었다. 그게 환영이었든 실제였든 달라질 건 없다. 세상엔 알 수 없는 것 투성이니까.

우리는 산에서 내려와 각자의 말에 올라탔다. 메렐레인이 두건, 아니 월영의 말에 올라 그의 허리를 붙잡은 걸 제외하고는 완벽했다. 우리는 지체 없이 북쪽으로 말을 몰았다. 한참을 달려야 한다.

나는 뒤를 돌아봤다. 바알, 아니 신의 품이라 해야 마땅할 공동묘지가 저 산에 있다. 3차 포에니[42] 전쟁이 끝나고 로마군에 의해 학살당한 수많은 카르타고 사람들이 저곳에 묻혔다고 한다. 그들의 신으로선 진노할 일이니 마신이 된 것도 어쩌면 당연한 일이 아닐까.

나는 그들이 묻힌 곳이 그들이 섬기는 신 멜카르트의 품이며 그곳이 신과 함께 영원히 거할 안식처가 아닐까 생각하며 마음으로 묵도를 올렸다.

42) 2차 포에니 전쟁에서 카르타고의 명장 한니발에 당한 로마는 3차 포에니 전쟁 발발을 구실로 아예 카르타고 시를 지도에서 지워버렸다.

1장 5절
Amor vincit omnia

아무리 이프리키야[43] 여기저기 깔린 로마 제국 시대 도로가 아직은 쓸 만하다 해도 횃불 하나에 의지한 채 칠흑 같은 어둠속을 달리는 게 말처럼 쉬운 일은 아니다. 게다가 히포자리투스까지는 가도가 군데군데 끊어져 있어서 한번 벗어나면 방향을 잃기 십상이었다. 하지만 그건 다른 사람의 경우에 그렇다는 얘기고. 이 카카르에겐 후후후.

나의 애마는 이따금씩 킁킁거리며 길 냄새를 맡고는 조금씩 방향을 수정해 갔다. 지가 개인 줄 착각하는 모양이다. 그래도 말 대가리치곤 똘똘한 게 역시 지 주인을 꼭 닮았다. 후훗.

메렐레인은 아까부터 말이 없었다. 가끔 고개를 들어 방향도 모르는 어딘가를 멍하니 응시할 뿐. 역시…… 그 상자 때문일까. 걱정도 되고 궁금하기도 했지만 물어볼 수도 없는 노릇이었다. 힐데리크 왕이 치켜 올라간 눈꼬리로 절규하는 얼굴이 불쑥 떠올랐다. 아무것도 묻지 말라니깐.

43) 고대 튀니지(카르타고)를 이르던 말. 여기서는 북아프리카 전체를 아우르는 말로 사용.

"물 없어? 카카르!"

엘리사가 혀가 바짝 마르는지 연신 입술을 깨물며 물어왔다. 메렐레인도 목이 타기는 마찬가지일 게다.

하긴 카르타고 땅은 건조하다. 지중해를 낀 지역은 어디나 마찬가지겠지만 어째 이 땅은 더한 거 같다. 엊저녁부터 잠 한숨 못 잔데다 계속된 강행군에 모두 지쳐 있을 테고 사내들로 기절할 지경인데, 여인네들이야 오죽하랴. 그 증거로 루카와 고타는 말안장에서 기묘한 자세로 코를 골고 있었다.

월영만이 태연하게 흐트러짐 없는 자세로 말을 몰고 있었다. 음, 저 녀석이야말로 태생이 훈족임에 틀림없다. 악마 같은 체력에 악마 같은 싸움 실력에 외모는 뭐 그런대로 봐줄 만하지만 저런 미인을 태우고도 태연할 수 있다니. 아니 속으론 분명히 꿍꿍이가 있을 거야. 말이 없고 속을 드러내지 않는 녀석일수록 음험한 놈일 가능성이 많다. 자식 허튼짓만 해 봐라.

"뭘 이글거리고 있어. 응! 물 없냐니까?"

나는 아직도 엘리사의 카랑카랑한 목소리에 적응이 잘 안 된다.

그건 그렇고 첫인상이 안 좋았던 이 소녀는 어찌 계속하여 반말조일까. 초반에 기선을 제압당해 그런가? 이 카카르를 띄엄띄엄 보고 있었다. 거액의 의뢰비만 아니었다면 그냥…….

잔인한 눈빛을 드러내 보이려는 찰나,

"저도 갈증이……."

낭랑한 메렐레인의 목소리에 첫인상이 안 좋은 소녀는 머릿속에서 얼른 지워져 버렸다.

"넹!"

사람 차별하느냐는 듯이 째려보는 엘리사의 시선을 외면한 채 나는 주머니에서 잎사귀에 싼 열매 몇 개를 꺼내 들었다. 어쨌거나 힐데리크 왕이 특별히 내게 부탁한 여인들을 모른 체하는 건 도리가 아니니까.

메렐레인에게 너덧 알, 엘리사와 노아에게 두세 알을 건넸다. 월영 녀석에겐 한 알만 내밀었는데 그나마 사양했다.

"에게! 또 올리브야."

엘리사가 투덜거렸다.

"흥!"

그녀의 투정에는 콧방귀로 대응했다.

"물 없어?"

"어, 있어. 저기 바닷물."

"……."

"떠다 줄까?"

"장난해?"

"신의 열매를 쥐고 장난하는 건 너라구, 엘리사."

"……."

노아가 난처하다는 듯이 불편한 웃음을 짓고 있었다. 노랑머리의 소녀는 흥분할 때마다 상대의 옆구리를 꼬집는 버릇이 있나 보다. 엘리사는 뾰로통한 표정으로 잎사귀 속 열매를 더듬더니만 할 수 없다는 듯 한입 꿀꺽 물었다.

톡!

"와!"

"그렇다니까."

"포도다!"

"어때, 천상의 맛이지?"

엘리사는 날름 나머지를 입속에 털어 넣었다.

"아!"

그래. 쾌감이 일 거다. 프로메테우스[44]가 불을 전해줬을 때 사람들의 표정이랄까. 나는 그 천상의 알맹이로 어느 정도 이 버르장머리 없는 아가씨의 호의 어린 눈빛을 이끌어내는 데 성공했다.

"너, 참 여러모로 쓸모가 많은 녀석이구나."

이걸 그냥!

"근데 포도 수확 시기로는 좀 이르지 않나?"

엘리사가 입맛을 다시듯 중얼거리며 돌아다 봤다.

나는 주먹을 얼른 거두고는 딴전을 피웠다. 맞다. 수확 시기는 한참 지나야 한다. 하지만 나는 그 출처에 대해 별로 말할 필요성을 못 느꼈다. 맛있으면 되니까.

"알 수 없는 것투성이지, 세상은 말이야."

나는 능청스럽게 앞으로 나갔다.

44) 인간에게 불이라는 문명의 씨앗을 전한 대가로 제우스의 노여움을 사서 코카서스 산 정상에 묶여 매일 독수리에게 간을 뜯긴다.

"그런가? 호홋."

"그렇다니까. 하하핫."

그리고 몇 차례 별로 의미 없는 대화가 오고 갔다.

노랑머리에 다갈색 눈을 한 소녀는 생각보다 그리 삐뚤어진 성격은 아닌 듯했다. 말이 거친 게 좀 짜증나긴 하지만 적당히 밝고 적당히 상냥했다. 그 적당히 평범한 소녀가 질문을 걸어왔다.

"그런데 제대로 가고 있는 게 맞아?"

"히포자리투스까진 물구나무서서 눈 감고도 가."

"이렇게 어두운데 방향을 어떻게 알구?"

"알고 싶어?"

엘리사는 옛날 얘기라도 기대하는 아이 마냥 반짝이는 눈으로 고개를 끄덕였다.

뭐, 초원에 방향을 가늠할 만한 지표가 될 만한 게 별로 없는 건 사실이다. 그런 점에서 어둠이 깔린 초원이나 사막은 바다를 닮았다. 나는 바다에서 늘 그렇게 하듯 한쪽 손을 들어 하늘을 가리켰다.

"노련한 뱃사람들이 바다 위에서 길을 잃지 않는 까닭은 첫째, 저것 때문이지."

내 손가락이 가리킨 것은 큰곰자리에서부터 세 마디 정도 떨어진 곳에 위치한 천구의 최북단에 가장 밝게 빛나는 별, 북극성이었다.

"북극성은 항상 저기 있어. 예전에도 있었구. 앞으로도 영원히 저 자리에 있을 거야. 저 별은 뱃사람들에겐 등대나 마찬가지지. 등대는 우리가 헤맬 때마다 목동처럼 손짓을 해. 얘들아, 저쪽이 길이다. 그쪽으론 가지 마렴, 하구 말이야. 어때! 마치 하늘에 떠 있는 알렉산드리아[45]의 파로스 섬[46] 등대 같지 않아?"

"와!"

파로스 등대를 아는지 모르는지 엘리사는 감탄사를 연발했다.

"두 번째는 이거야."

나는 두 손을 들어 만세 자세를 취하고는 눈을 감았다.

"뭐 해?"

"쉿! 조용히."

"……."

"느끼는 거야, 바람신의 숨결을."

뿔피리를 부는 북쪽의 바람신은 '보레아스', 동쪽의 바람신 '아펠리오테스'는 과일바구니를 들고 있고, 남풍의 신은 물병을 비우는 '노토스'다. 어디 보자. 손바닥에 느껴지는 감촉, 그리고 공기 속에 미세하게 섞인 이 냄새는 향긋한 풀 내음.

"제피로스의 바람이군, 이건. 서풍이다. 왼쪽에서 불어오니까 우리가 향하는 방향은 히포자리투스가 있는 북쪽이 맞아."

나는 자신 있게 말했다.

"와! 신기하다. 어떻게 그런 걸 알 수가 있지?"

45) 기원전 4세기 알렉산더대왕이 자신의 이름을 따 이집트에 건설한 항구도시로 고대에는 로마 다음가는 대도시였다.
46) 세계 7대 불가사의 중 하나로 기원전 3세기에 세워졌으며 높이는 130미터에 달한다. 여러 언어에서 등대를 뜻하는 단어의 어원이 되었다.

엘리사는 거의 숨이 넘어 가듯 헉헉거렸다.

나는 별거 아니라는 투로 씩 웃으며 그녀의 질문에 답했다.

"뱃사람이니까."

엘리사 앞에서 잘난 체는 했지만 실제로 해보면 그렇게 정확한 건 아니다. 바람은 변덕스럽고 순전히 감에 의존하는 사람의 능력이란 미묘하기만 하다. 그래서 뱃사람이 감보다 더 중시하는 게 있다. 바로 '경험이다'. 노련한 선원이 나이를 공으로 먹지 않는다는 말은 그런 이유 때문이다.

어쨌든 별과 바람만 있으면 뱃사람은 어디든 갈 수 있다. 서쪽 헤라클레스의 기둥[47] 너머에도, 동쪽 아테네에 있는 바람의 탑에도, 그보다 더 멀리 북쪽 흑해 너머 세상의 끝이라 불리는 미지의 바다에도 말이다.

"두 사람…… 꼭…… 오누이 같아요. 후훗."

그때 말문을 닫고 있던 메렐레인이 불쑥 한몫 끼어들었다. 나는 말에서 떨어질 뻔하다가 가까스로 균형을 잡았다. 그녀 또한 다소 엉뚱했다고 생각했는지 어머! 하는 표정을 짓고는 입을 손으로 가렸다. 엘리사는 배시시 웃다가 이내 손사래를 치며 폭소를 터뜨렸다. 나는 당황스럽기도 하고 한편으론 조금 서운하기도 했다.

"그럼 카카르 부모님도 뱃사람이야? 부모님도 그렇게 현명하서?"

엘리사는…… 질문이 많은 유형이구나. 다소 수다스럽게 보이는

47) 지중해의 서쪽 끝인 지브롤터 해협의 절벽에 있는 바위. 헤라클레스가 아틀라스 산맥을 쪼개면서 지브롤터 해협이 생겨났다고 한다.

그런 타입이랄까.

"……."

나는 대답하지 않았다.

"응? 응?"

한숨이 나왔다.

왜 여자들은 하나같이 남의 가족사가 흥미일까. 이 녀석도 결국 그게 궁금한 거군. 홍분이 채 가시지 않은 소녀 눈을 해가지구선.

"돌아가셨어."

노아가 참다못해 나 대신 말했다.

"……."

"……."

"미안……."

금세 시무룩해지는 엘리사였다.

"뭐, 딱히 사과할 거까지야……."

세상을 등진 가족을 떠올리는 건 언제나 마음이 무거워지는 일이다. 홀로 남겨진 자의 외로움은 그보다 더 무겁고. 하지만 제일 무거운 건 외톨이라는 이유로 세상으로부터 받게 될 동정 이면에 숨겨진 사람을 업신여기는 눈초리다. 그래서 나는 로그가 될 수밖에 없었다고 하면 지나친 생각일까.

삽시간에 기분이 착 가라앉는 까닭에 나는 내 과거사 얘길 꺼내는 걸 별로 좋아하지 않는다. 그래서 분위기 전환을 위해 엘리사에게 질문을 던지기로 했다.

"어이, 노랑머리! 포도 더 먹을래?"

"엉? 아, 응!"

엘리사는 단순했다. 금방 건 금세 잊고 입맛을 다셨다.

나는 포도 알 대신 혀를 쭉 빼냈다. 엘리사는 약이 올라 나를 쫓는 대신 죄 없는 노아의 머리끄댕이만 박박 잡아 당겼다. 그래도 살아있는 자는 맛있는 포도 알을 다음 해도 또 그 다음 해에도 맛볼 수 있다. 나는 웃으며 저만치 앞서 나갔다.

동부 지중해인 레반트 지역에서 이곳 이프리키야로 포도와 올리브 재배법을 전파한 이는 페니키아인이었다. 나는 새삼 그들에게 감사의 묵념을 올렸다.

전방에 큰 호수가 눈에 들어온다. 드디어 히포자리투스에 도착한 것이다.

조용하고 평화로운 느낌의 히포자리투스는 역시나 고대로부터 페니키아인의 활동 무대였던 작은 항구도시다.

선착장으로 가기 전에 해야 할 일이 많다. 앞으로 꼬꾸라질 정도로 피곤하지만 쉴 수는 없는 노릇이었다. 우선 선주인 나로서는 그동안 선편 예약을 한 손님들에게 출항을 알려야 한다. 승객들 중엔 알렉산드리아나 레반트 지역으로 장사하러 가는 사람들이 대부분이다. 다음으로 배가 티로스까지 한 번에 가려면 옷가지나 음식 등 필요한 것들을 많이 준비해야 한다. 긴 여행이 될 테니까 말이다.

내가 승객들에게 출항 안내를 하고 루카와 고타는 선체의 점검과 항해 준비를, 노아와 여자들은 음식과 생필품 준비를 각각 맡기로 했다. 시간이 없다. 모든 게 일사천리로 진행되지 않으면 추격자들에게 또다시 덜미를 잡힐 수도 있으니까.

일행과 잠시 헤어진 나는 항구 주변을 지그재로로 돌면서 고래고래 소리를 질렀다.

"체케르까지 가는 울반 할배! 얼른 일어나. 배 떠난다!"

"알렉산드리아로 가는 욜씨! 출항이다. 짐 싸. 빨리!"

문 두드릴 시간도 아까워 돌팔매질로 대신했다.

아이고, 숨 차라. 승객은 몇 안 되고 아는 사람들이라 어디 묵고 있는지도 훤했지만 여기저기 듬성듬성 떨어져 있어 혼자서 돌려니까 숨이 턱까지 차올랐다. 다행히 자다가 내 소리를 들었으면 배를 타는 거고 어디 먼 곳에 출타라도 했다면 못 타는 거다. 물론 선주가 그런 것까지 배려할 필요야 없다.

한참을 달린 끝에 나는 마지막으로 항구 서쪽 끝 장미 덩굴이 어지럽게 엉켜 있는 집으로 뛰어 들어갔다. 비단 상인 바르카의 집이다.

"형! 일어나 빨랑!"

그와 동시에 나는 깃털로 채운 안감에 최고급 실크로 덮인 폭신한 침대 속으로 다이빙했다. 언제 덮쳐도 기분 좋은 잠자리다.

"으악! 뭐야!"

어라? 여자 목소리…….

고개를 들자 이불보로 앞을 가린 발가벗은 여자가 발바닥을 막

내 면상에 들이대기 직전이었다.

"음냐! 어, 왔냐??"

여자 밑에서 부스스한 얼굴이 하나 나왔다. 잠이 덜 깨 한쪽 눈은 감기고 입가에는 침을 흘렸는지 버질거리는 게 전체적으로 찌그러진 얼굴이었지만 바르카 형이 맞았다.

"수염이나 좀 자르지. 십년은 늙어 보이네."

그와 동시에 여자의 발바닥에 얼굴을 맞은 나는 침대 옆으로 떨어졌다.

"후후후. 중후한 중년이라는 칭찬으로 받아들이마."

"서른도 안 된 게. 칵!"

나는 얼굴을 툭툭 털면서 일어났다.

"근데 어찌 왔냐? 이른 아침부터."

"아!"

이러고 있을 때가 아니었다.

"배 떠난다. 물건 챙겨. 어서! 시간 없단 말이야."

"뭐야. 승선일은 아직 남았잖아."

"내 맘이야. 빨랑! 안 나오면 놔두고 간다."

바르카는 기지개를 펴고는 상체를 천천히 일으켜 세웠다. 그리고 여자에게 반질한 은화 한 닢을 쥐어주고는 그만 가보라는 손짓을 했다. 아, 애정의 눈빛을 손바닥에 담아 후 불어주는 짓거리도 잊지 않았다. 가지가지 하네.

여자가 나가자 바르카는 침대에 걸터앉아 물기에 젖은 검은 곱슬

머리를 쓸어 올리며 묘한 웃음을 흘렸다.

"자식! 쫓기고 있구나. 이번에는 뭔 사고를 쳤냐?"

"사고는……. 그래, 쳤다."

참…… 형은 뭐랄까. 샤프한 회갈색 눈빛만큼이나 눈치 하나는 기막히게 빠르다. 하긴 비단 상인은 아무나 하는 게 아니니까. 바르카는 카라반[48]이다. 내가 아는 한 파미르[49] 고원을 넘어 동쪽 끝까지 갔다 온 몇 안 되는 낙타 상인 중 하나다. 또한 내게는 장사 기술이나 세상 돌아가는 얘기 등 많은 것을 가르쳐 준 친형 같은 존재이기도 하고.

"뭐 상관없겠지. 남자라면 지루한 인생보다야 그런 게 맞이지. 그건 그렇고 머리 한쪽이 날아가 버렸네?"

바르카는 불에 탄 내 머리통 한쪽 방향을 손으로 가리켰다.

"맞다. 형 터번[50] 있으면 좀 빌려줘 봐."

바르카는 어기적어기적 일어나 한쪽 구석으로 가더니 바구니에 담긴 하얀 두루마리를 던졌다. 나는 잽싸게 낚아채서 윙윙 머리에 감았다. 이러면 감쪽같지. 터번을 두르니 마치 노련한 베두인족[51] 전사가 된 기분이었다. 하핫.

바르카 형은 그사이 입고 갈 튜닉[52]을 한 벌 찾아 손에 들었다.

"그럼 돈 벌러 가 볼까?"

48) 대상. 실크로드를 따라 움직이는 낙타 상인 무리를 떠올리면 된다.
49) 현재의 중국과 파키스탄의 경계에 위치해 세계의 지붕이라 불린다. 파미르 고원의 카슈카르를 지나면 투루판에서 천산 북로와 천산 남로로 갈라져 비단길의 시발점인 중국의 서안(장안)으로 연결된다.
50) 이슬람 사람들이 머리에 감는 천. 인도가 기원이다.
51) 아랍 유목민으로 '바다위야(badawiyah)의 백성' 이란 뜻.
52) 그리스인이 입었던 소매가 없는 헐렁한 옷.

엄지손가락을 치켜들며 윙크를 하는 형의 얼굴은 꼭 놀러 가는 소년의 모습을 닮았다.

선착장에 도착했다. 수평선에서부터 빛무리를 일으키며 밀려온 햇빛이 벌써 온 시야를 다 채우고 있었다. 해가 중천에 걸리기 전에 여길 떠야 한다. 내 배 섹시한 여신호는 천으로 덮은 선수상을 제외하곤 적어도 겉보기엔 모든 게 양호해 보였다.

일흔이 다 된 백발의 울반 할아버지와 40대 중반의 땅딸막하고 강인한 인상을 한 욜 아저씨를 필두로 십수 명의 승객들이 줄지어 나타났다. 물론 그 뒤엔 바르카 형도 보인다.

각자의 짐마차엔 알렉산드리아 등지에서 팔아 치울 상품들이며 여행에 필요한 생필품들이 가득 실려 있었다. 루카와 고타는 이런 짐마차의 적재 작업을 돕느라 진땀을 흘리고 있었다.

"잘 돼 가냐?"

바르카 형이 웃으며 다가왔다.

턱수염을 손질한 탓인지 아까보다는 훨씬 젊어보였다.

"뭐 대충은……."

그렇게 대답은 했지만 바다에서 대충이란 말은 없다. 바다는 감정이 결여된 상어의 눈을 하고 있다. 관심이 없는 듯하다가도 틈을 보이면 어느새 거대한 죽음의 아가리를 들이대는 그런 못 믿을 존재다.

배를 일단 타고 나면 각자의 일은 각자가 알아서 해야 한다. 옷가지와 더불어 조리 기구, 세면구, 침구 등 모든 것을 개인이 알아서 갖추어야 한다는 말이다. 먹을 음식은 각자 사서 배에 올라야 하고 다음 기항지에서 보충 못 하면 쫄쫄 굶게 된다.

나는 주위를 여기저기 둘러봤다. 출항에 적합한 날씨인지 바람의 방향은 적절한지 살펴 볼 필요가 있기 때문이다. 난파선의 잔해라든가 항해의 흉조가 될지도 모를 뭔가가 있는지도 꼼꼼히 살폈다.

이런저런 점검을 하며 파란 바닷물이 보이는 항구의 턱 위를 거닐던 그때였다.

"왁!"

뭔가가 등 뒤로 와락 하고 달려들었다. 덕분에 바닷물이 코앞까지 왔다가 다시 멀어졌다. 노아가 붙잡아주지 않았다면 수면 위에 물구나무를 섰을 것이다. 아찔했다.

"하하하하. 놀랬지? 하하하하."

뒤돌아보자 엘리사가 재밌어 죽겠다는 듯이 배를 움켜잡고 있었다. 이런…….

"야 임마! 빠져 죽을 뻔했잖아!"

"에게게! 뱃사람이 뭐 그래. 빠지면 헤엄쳐 나오면 되지."

"헤엄? 우씨!"

"근데 뭐야. 이 배, 뜨긴 뜨는 거야? 상당히 구려 보이네."

"구리다니? 구리다니! 임마! 저건 나한테는……."

참 뭐하나 싶다. 매번 느끼는 거지만 엘리사는 장난기 심한 '여동생' 같은 느낌이다. 난 여동생이란 걸 가져본 적이 없기 때문에 이런 아가씨를 어떻게 다뤄야 할지 혼란스럽기만 하다.

뭔가 장황하게 잔소리를 늘어놓으려고 한 나는 순간 말문이 막혀버렸다. 엘리사의 머리 너머, 불편한 웃음을 짓고 있는 노아 녀석 그 너머 저쪽 뒤에 고동 모양으로 말아 올린 풍성한 진홍색 머리에 배꼽과 어깨 쇄골이 드러난 암갈색 가죽 재킷, 착 달라붙어 몸의 굴곡이 선명한 검정색 가죽 바지를 입은 여인이 어색한 미소를 지으며 손을 흔들고 서 있었다. 메렐레인이었다.

메렐레인은 무게가 느껴지지 않는 발걸음을 움직이며 천천히 내 앞으로 걸어 나왔다.

"편의성과 움직임을 중시하다보니……."

쑥스러운 듯 얼굴을 붉히는 그녀였다.

"……."

"이상해요?"

나는 세차게 머리를 좌우로 흔들어 재꼈다.

"괜찮아요?"

이번에는 세차게 머리를 위아래로 흔들어 재꼈다.

"다행이다."

골이 다 흔들렸다. 아, 내가 이렇게 멋대가리 없는 놈이었다니.

안도의 한숨을 내쉬는 메렐레인을 앞에 두고 나는 이럴 때 무슨 말을 어떻게 해야 멋들어진 표현일지 알 수가 없었다.

♪~ ♩~

그때 음악 소리가 들려왔다. 뭐냐, 또 이건. 고개를 돌리자 악기를 켜고 있는 사람이 금세 눈에 들어왔다. 잘 아는 사람이었다. 내 손님 중 하나. 키는 작지만 강인한 인상의 그는 땅에서 막 튀어 나온 노움[53]처럼 생긴, 새치머리가 희끗한 40대 중반의 욜 아저씨였다.

참고로 그가 연주하고 있는 악기는 만돌라[54]였다. 귀가 먼 사람이 보았다면 그건 동냥의 몸짓일 것이고, 눈이 먼 사람이 들었다면 그건 매력적인 바드[55]의 노랫소리일 것이다.

아저씨, 뜬금없이 왜 이래?

뭐라 표현할 방법이 없었다. 굳이 꼭 묘사하자면 눈 뜨고 보는 개꿈 같은 그런 느낌이랄까. 내가 잘 안다고 생각했던 사람의 전혀 엉뚱한 모습을 봤을 때 겪게 되는 그런 혼란스러움 때문에 한숨이 다 나왔다.

"저래 봬도 왕년에 바드였다네."

집 나간 손녀딸의 물건이라는 은색 브로치를 가슴에다 대고 만지작거리며 울반 할배가 껄껄 웃었다.

역시 그랬군. 하기야 들은 것도 같다. 욜 아저씨의 고향은 알프스 너머 북쪽, 먼 갈리아[56] 땅의 아우스트라시아[57]로 몰락한 귀족 출신이라고 했지, 아마.

바드는 별 볼일 없는 귀족 출신인 경우가 많았다.

그 욜이라 불리는 음유시인이 종종걸음으로 다가와 메렐레인 앞

53) 난쟁이처럼 생긴 땅의 요정.
54) 중세의 현악기.
55) 음유시인.
56) 고대 프랑스 지역.
57) 창건자 클로비스의 사후 프랑크 왕국은 4등분 되는데 그중 하나가 아우스트라시아로 현재의 프랑스 북부 메스에 해당된다.

에서 한쪽 무릎을 굽혔다. 팔이며 다리의 구부린 각도가 꼭 올림피아 제전에 나온 누드 남자의 과장된 몸짓 같았다.

"검은 휘장 같은 날개에 홍옥으로 빚은 듯한 머리결의 절묘한 조화여. 태초에 신이 있으라 하신 어둠속의 그 빛을 보는 거 같구려. 그대……. 쪽!"

화들짝! 마지막에 그 소리는 뭐야! 쪽이라니!

망할 중년의 바드는 어수선한 틈을 타서 메렐레인의 그 백옥 같은 손등에 기습적인 쪽을 한 것이다.

이런 엠병할 자식, 시인이고 뭐고 가만두지 않겠어. 이것 놔!

노아와 울반 할배에 엘리사까지 가세해서 나를 막지 않았다면 아마도 큰 소동이 났을 것이다.

웅성웅성!

여기저기서 청중들이 모이기 시작했다.

내 도끼눈을 알아채지 못한 것인지 욜 시인은 계속 부담스런 목소리로 지껄여댔다.

"오! 나의 안겔루스.[58] 행여 우리 서로 구면은 아닐는지요. 어디선가 본 듯도 해서. 어디서 봤더라……."

잡힌 손목이 다소 아팠는지 메렐레인이 남자의 손을 정중하게 뿌리치며 얼굴을 찡그렸다.

"글쎄요, 천사는 다 그게 그 얼굴이라……. 이만 실례하겠어요."

청중을 의식한 듯 메렐레인은 노아의 밀짚모자를 낚아채 푹 눌러

58) 라틴어로 천사(angel)

쓰고는 도망치듯 월영의 등 뒤로 숨어 버렸다.

으윽, 또 저 녀석.

월영은 오면 베겠다는 표정으로 어깨에 멘 칼집에 손을 가져갔다.

"어디서 봤더라? 어디서 봤더라?"

욜 아저씨는 손을 턱에 괴고 계속 중얼거리는 것이다.

아차!

정신이 버쩍 들었다.

메렐레인이 귀족이고 욜 아저씨가 몰락한 귀족 출신이라면, 아저씨가 궁정이나 지방 영주의 사교 모임 같은 곳에서 메렐레인을 봤더라도 이상한 일은 아니다. 게다가 메렐레인은 상당히 튀어 보이니까. 게다가 여기 구경꾼들 중에서도 그녀나 엘리사를 알아보는 사람이 있지 말란 법도 없지 않은가.

사람이 모여서 좋을 게 없었다.

"에잇 우라질! 어디 구경났어? 저리들 안 가? 카악, 퉤!"

나는 험악한 인상을 짓고 단도를 꺼낸 뒤 칼춤을 췄다. 그제야 사람들은 재수 없다는 표정으로 물러갔다.

사람들이 자리를 비우자 바르카 형이 호기심 가득한 미소를 지으며 물어왔다.

"저 범상치 않은 숙녀분들은 뭐냐?"

"뭐긴, 당신 같은 손님이지."

"이거, 이거. 위험한 냄새가 나는데?"

바르카의 짓궂은 눈웃음을 무시한 채 나는 욜 아저씨의 표정을 살폈다. 아저씨는 저만치 물러난 채 여전히 고개를 갸우뚱하고 있었다.

역시 위험해. 좀 미안하지만 저 양반은 떼놓고 가는 게 좋겠어. 나는 그렇게 결론짓고는 잔머리를 이리저리 굴려보았다.

"형! 후춧가루 있음 조금만 준비해 줘."

"후춧가루?"

"안전한 여행을 위해서야."

출항 점검이 대충 끝났는지 루카가 갑판에서 엄지를 들어보였다.

나는 노아가 준비해 온 어린 숫양의 엉덩이를 따 그 피를 바다에 뿌렸다. 무사한 항해를 비는 아주 오래전부터 해오던 의식 행위다. 이교적 의식 행위에 거부감이 있었는지 엘리사는 십자가를 가슴에 댄 채 중얼거렸다. 틀림없이 '하나님, 저들을 용서하소서.' 뭐 그런 종류일 게다.

"왜 목을 따지 않는 거죠?"

메렐레인이 이상하다는 듯 조용히 물어왔다.

나는 웃으며 그녀의 모처럼 만의 질문에 친절히 답했다.

"양의 목숨을 거뒀다면 당신과 엘리사는 틀림없이 고개를 돌렸을 겁니다. 사람이 등을 돌리면 신은 더 이상 신이 아닐 테니까요."

메렐레인의 표정이 의외로 밝아지는 걸 느꼈다. 이해했다는 뜻일까.

"당신이란 사람은……."

"예?"

"아니에요. 하던 거 하세요."

나는 그녀가 하려고 했던 말을 다 듣지 못한 게 못내 아쉬웠지만 지금은 그녀 말대로 하던 거 하는 게 중요하다. 나는 한 쪽 무릎을 굽힌 채 두 팔을 수평선을 행해 뻗은 다음 눈을 감았다.

"바다의 주인이신 넵투누스[59]여, 이제 감히 당신의 세계를 범접하고자 합니다. 이 어린 양의 피로 우리의 두려움을 확인하소서. 이 붉은 피처럼 불온한 것들은 모두 죄 많은 육지에 버리고 가고자 하오니 당신의 세계를 잠시만 아주 잠시만 우리에게 온전히 허락하소서. 우리의 믿음은 심히 부족하오나 당신의 자비는 한 없이 넓기를…… 이 바다처럼."

그 다음은 각자 알아서들 마무리했다.

"한없이 넓기를!"

"오딘 만세!"

"오! 미트라[60]신이여."

"아멘!"

지금은 크리스트교가 대세지만 한때 이 세상에는 수많은 신들이 있었다. 내가 섬기는 것도 그 수많은 신들 중 하나다. 그리고 내 배를 탈 승객들 중 그 누구도 나의 신을 구시대의 유물이라 폄하하는 사람은 없었다. 한배를 탄 사람들이 각자 의지하는 신의 이름은 '무사귀환'이라는 공통된 믿음의 다른 표현일 뿐이니까.

59) 해신 포세이돈의 로마식 발음.
60) 천궁의 신 아후라 마즈다, 물의 여신 아나히타와 더불어 페르시아 3대 신으로 불리는 태양신. 로마가 그리스도교를 받아들이기 전 널리 퍼져 있던 종교가 미트라교였다.

의식은 그렇게 끝이 났다. 이제 출항이다. 배에 오를 사람들이 발판 앞으로 모였다. 욜 아저씨가 먼저 오르려는 걸 내가 막아섰다.

"어허! 숙녀부터."

욜 아저씨가 머리를 갸웃거리며 옆으로 비켜나자 엘리사가 먼저 발판을 밟았고 메렐레인이 뒤를 이었다. 나는 욜 아저씨 뒤에 바짝 붙어선 채로 마지막 열에 서서 발판을 오르기 시작했다.

나는 주머니에 손을 집어넣고 회심의 미소를 지었다. 속에는 바르카 형이 건네준 소량의 후춧가루가 들어 있었다. 후춧가루는 소량이라도 엄청나게 비싸다. 가루의 감촉이 손가락에 느껴졌다.

한 중간쯤 올라갔나. 나는 머리를 긁는 척하면서 후춧가루를 욜 아저씨의 코 밑으로 떨어뜨렸다. 잘 가, 아저씨!

"우엣취!"

폭발적인 재채기소리가 쩌렁쩌렁하게 울려 퍼졌다. 한 번도 아니고 서너 번을 계속해서 말이다. 순간 주위 사람들의 얼굴색이 삽시간에 파랗게 질려버렸고 욜 아저씨 본인은 더욱 놀라 새하얀 얼굴이 되었다.

발판을 오르기 전에 재채기를 하는 게 뭘 뜻하는지 모르는 뱃사람은 없을 것이다. 아무리 시대가 크리스트교로 많이 교화되어 있다 하더라도 아직까지 사람들의 머릿속은 미신으로 가득하다. 특히 뱃사람이나 선편 여행객의 경우엔 더하다.

갑판 위에 검은 고양이가 서 있다던가, 돛줄에 밤새가 앉아 있다든가 혹은 발판을 올라갈 때 재채기를 하는 것은 금기다. 그건 폭풍우나 배의 난파를 의미한다.

욜 아저씨가 저지른 건 바로 그 뱃사람이 두려워하는 금기 중 하나였다. 물론 내 계산대로다.

굳이 내가 나설 것도 없이 사람들이 알아서 부정적인 분위기를 조성해 줬다. 이럴 경우, 항해 자체를 포기하는 경우가 보통이지만 그렇지 않은 경우엔 원인 제공자만이라도 뭍에 놔두고 가는 게 일반적이었다.

선주로서 나는 후자를 택했고 탈 사람은 타고 내릴 사람은 내릴 수 있도록 자유의사에 맡겼다. 물론 어느 경우에도 욜 아저씨의 승선은 허락되지 않지만 말이다.

납득이 안 되는 얼굴을 한 욜 아저씨가 침울한 표정으로 몇몇 사람들과 함께 육지에 남는 걸로 승선 절차가 모두 마무리됐다.

나는 돛대 위의 루카와 고타를 향해 주먹을 쥐어 보였다. 두 명의 능숙한 동료가 고개를 끄덕이자 곧 아마포로 만든 커다란 사각 돛이 펼쳐졌다. 상공에 모여든 제피로스의 서풍이 천천히 돛을 밀어내자 파란 바다 위로 섹시한 여신호가 미끄러지기 시작했다.

"와! 움직인다!"

엘리사는 한껏 커진 다갈색 눈동자를 이리저리 굴리며 갑판 여기저기를 뛰어 다녔다.

메렐레인은 밀짚모자가 날아가지 않게 꼭 눌러 쓴 채 이따금 눈을 감고 바다 내음을 음미하고 있었다. 그녀와 눈이 마주쳤다. 나는 웃으며 손을 흔들었다. 고개를 돌리고는 저쪽으로 가 버리는 그녀. 나는 서운함을 감춘 채 해를 향해 손을 흔들어 댔다.

월영은 참 저답게 갑판 난간에 아슬아슬 앉아 있었다. 위 아래로 솟구치는 난간에 앉아서도 안 떨어지고 중심을 잡는 월영의 균형 감각과 강심장은 대단하긴 했다.

나는 녀석이 썩 마음에 들진 않았다. 그 이유는 그의 까무잡잡한 피부나 검은 머리, 검은 눈동자 때문은 아닐까. 그건 훈족의 모습이자 바로 내 모습이기도 하니까 말이다. 하지만 이 시대의 여행은 목숨을 걸어야 할 정도로 위험천만하다. 해적은 들끓고 보이지 않는 위험을 일일이 대비하기란 불가능하다. 그런 점에서 녀석 같은 실력자는 꼭 필요하다.

"그녀는 널 싫어하지 않아. 뭔가 조금 조심스러울 뿐. 그건 현실적인 문제일 수도 있을 테고."

응?

노아가 다가와서는 뜬금없이 중얼거리듯 말했다.

"뭔 소리여?"

"조심스럽다는 건 의식하고 있다는 소리잖아. 관심 없는 거랑은 다르지. 안 그래?"

노아의 저녁노을을 닮은 붉은 눈동자가 내 눈을 빤히 들여다보고 있었다.

"윽! 네 눈이 더 부담스러워. 저리 치워!"

노아는 바다 저편을 바라보며 약간은 멍한 눈빛으로 말을 이어갔다.

"그래도 옷차림에 대해 맨 처음 의견을 물어본 사람은 너잖아. 월영을 너무 미워하진 마."

"참 내, 아니라니까."

이 녀석 뭔가 오해를 하고 있구나, 라는 어이없는 인상을 지어 봤지만 녀석 말이 전혀 틀린 건 아니었다.

"현실적인 문제란 신분의 벽이라던가 뭐 그런 게 아닐까?"

"신분은 무슨. 콘스탄티노플[61]의 여왕은 창녀 출신이라던데 뭐."

윽!

나도 모르게 버럭 하고 튀어나온 멘트에 내가 다 놀랐다. 나는 경솔한 자신에 대한 복수로 혀를 앙 하고 깨물었다. 루카나 고타 같았으면 아주 가지고 놀았겠지만 노아는 좀 다르다. 녀석은 그런 놈이다.

"내가 인간 세계를 이해하는 데는 많은 시간이 걸렸어. 때론 사람들의 이중적인 잣대에 많이 힘들기도 했지만. 내 경험으로 봐서…… 진심은 통한다. 이건 섭리가 아닐까 생각해. 신이 만들어 놓은 섭리."

햐! 아주 가끔이지만 이 녀석은 정말 사람을 놀라게 만드는 재주가 있다.

"Amor vincit omnia."

61) 비잔틴(동로마) 제국의 수도로 지금의 터키 이스탄불. 한반도의 방패가 고구려였다면 서유럽의 방패가 비잔틴 제국이었다. 서로마 멸망 후 천년을 더 버티다 1453년 오스만투르크(터키)에 무너졌다. 콘스탄티노플 앞바다 보스포루스 해협을 미녀 에우로파(Europa)가 황소를 타고 건너갔는데 유럽(Europe)이라는 단어가 여기서 유래한다.

기절하겠네. 노아는 언제 주워들었는지 라틴어 한 구절을 읊은 채 등을 돌렸다.

사랑은…… 모든 걸…… 극복한다. 이런 뜻이다.

"이봐, 카카르. 여행은 길다구. 조급해할 거 없잖아."

"하핫! 이 자식이……."

나는 낯이 뜨거워짐을 느꼈다. 마음을 들킨 게 민망해서이기도 하고 말문이 막힌 게 부끄럽기도 해서였다.

노아는 저만치 걸어가더니만 쪼르르 달려와 마지막으로 "아, 참. 머리에 두른 터번 잘 어울린다고 하더라, 그녀가." 이 말을 하고는 다시 쪼르르 저쪽으로 달려갔다.

참……. 졌다. 그래도 그 말을 들으니 어디선가 광명이 비치는 것 같았다.

"왜 울고 있어?"

"울기는? 하품하는데."

노아가 사라진 자리에 방방 뛰어다니던 엘리사가 어느새 나타났고 나는 거짓 하품을 증명하느라 기지개를 켠 나머지 등골이 다 삐거덕거렸다.

"메렐레인님은?"

"응. 선미 쪽에."

그녀는 아까부터 배 꼬리 쪽에 서서 꿈쩍도 안 하고 있었다.

"그렇구나. 근데 카카르, 왜 이름이 섹시한 여신호야? 보기엔 구린…… 아니 평범한 배처럼 보이는데."

질문 참 많아, 이 여잔. 정말 묻고 싶은 건 나인데 말이야. 너는 도대체 메렐레인이랑 어떻게 되느냐. 월영과는 또 어떻고. 아니 정녕 엘리사 넌 누구냐. 어디서 왔냐. 어디로 가니. 쩝.

"하긴 그러네. 섹시한 여신호라. 단지 배 이름이 그렇다는 건가?"

"나도 궁금하군."

"나도."

승객들의 머리 위로 물음표가 여기저기 떠다녔다. 나는 이런 질문을 어느 정도 예상한 터라 선장으로서 그들의 궁금증을 즉시 풀어주기로 결정했다.

"뭐 별건 아니고…… 있어 봐요."

나는 갑판으로 내려온 루카와 고타에게 눈짓을 보냈다. 루카와 고타는 귀찮은 표정을 한 채 천이 덮인 선수상[62] 양 옆으로 천천히 다가갔다. 이제 열화와 같은 성원에 힘입어 여행을 책임지게 될 나의 섹시한 배, 여신호의 진짜 모습을 승객에게 소개할 차례다.

"자! 포장을 벗겨라. 여신을 보여줘 봐."

나의 고함 소리에 맞춰 뱃머리의 선수상을 덮고 있던 커다란 천이 휘익! 하고 벗겨졌다.

짜잔!

"아니……."

"저건……."

62) 뱃머리에 부착하는 장식용 상. 액운 퇴치나 적에 대한 위협용으로 많이 이용했다. 거북선의 용머리도 일종의 선수상이다.

"로마의 팔라티노[63] 언덕에 세워져 있던…… 그……."

"반세기 전 침략자들에게 뿌리째 뽑힌 뒤 행방을 알 수 없다던…… 그……."

"성모님 동상이다!"

"이런 도둑놈!"

"이런 불경할!"

"뭐 섹시? 성모님을 선수상으로 써?"

응? 성모?

사람들이 우르르 몰려왔고 나는 잽싸게 도망쳐야 했다.

"아. 그게 아니고……."

"아니긴 뭐가 아냐. 거기 안 서?"

도망치면서 생각했다. 감이 대충 잡혔다. 하지만 이미 엎지른 물이었다. 나로서는 억울한 일이다. 그들이 한 말은 반은 맞고 반은 틀리니까 말이다. 저건 455년 반달족들이 로마 시를 침공했을 때 약탈한 것이 맞지만 내가 작년에 돈을 주고 정당하게 구입한 것이기도 했다.

그나저나 저게 성모 마리아 동상이었다니. 나는 그게 여태껏 헤라 여신인 줄 알고 있었다. 하긴 나는 그리스도 교도도 아니고 마리아는 본 적도 없으니 모르는 게 당연할지도.

달그림자야, 뭐 하냐. 선장이 쫓기잖아. 당연 도와줘야지, 하면서

63) 로마의 발상지가 된 언덕. 군신 마르스와 알바론 가의 왕녀 레아 사이에 태어난 쌍둥이 로물루스와 레무스가 테베레 강을 떠내려 와 이곳에서 로마를 건국했다고 전해진다.

월영 녀석을 찾아봤다.

헉! 월영은…… 문제의 선수상 위에 걸터앉아 있었다.

분노한 그리스도 교도들 몇몇이 몰려가 입에 거품을 물었다.

"이 노오옴! 내려오지 못할까아. 사탄아!"

월영은 그냥 먼발치를 바라보며 중얼거리는 것이다.

"난…… 불교도야."

갑판을 빙글빙글 돌며 도망치는 나와 나를 쫓는 몇몇 사람들 머리 위로 해가 중천에 걸리고 있었다.

제2장

2장 1절
성시(星詩)

저녁이 되자 우리는 선실의 테이블에 둥그렇게 둘러앉았다. 솜씨가 좋은 고타가 특선 요리를 내왔다. 포도주를 곁들인 구운 참치였다.

메렐레인은 보이지 않았다. 피곤에 지친 탓인지 별실에서 잠을 청하고 있는 모양이었다.

홀에는 저마다 한 체력씩 하는 사람들만 모여 있었다. 벌써 거나하게 취기가 오른 바르카 형은 특유의 친화력을 발휘해 엘리사와 노아에게 자신의 무용담을 열심히 자랑 중이었다.

"그 이전에는 지금처럼 말이야. 꼴깍! 메소포타미아[64]에서 지중해까지 가려면 사막을 멀리 우회해 가야 했지. 왜냐. 사막도 바다처럼 도적들이 우글거리거든. 개너무 시키들. 그런데 로마가 힘깨나 쓰던 제국 시절엔 어땠을 거 같아? 도로 잘 닦였지. 곳곳마다 순찰병들이지. 날강도들이 발붙일 곳이나 있었냐구. 길을 마음 놓고 다닐 수 있다는 게 얼마큼 축복받은 일인지 니들 아냐구. 꼴깍! 도시 국가? 자유와 독립? 걔네들은 도로망 관리는 개뿔. 자기들 성벽 안 치안

64) 4대문명 발상지인 티그리스, 유프라테스 강 일대. 현재의 이라크에 해당

유지도 못 하잖아. 왜냐 돈이 없으니까. 제국이 망하고 지금 어떻게 됐는지 봐봐. 마음에 드니? 이 무법천지 세상이."

바르카는 다행히 길게 말하지 않았고 몇 마디를 더 나불거리다 그대로 곯아떨어졌다. 고타가 의식을 잃은 바르카의 다리를 끌고 한쪽 구석으로 끌고 가자 한숨을 쉬던 루카가 앞으로의 여행 일정과 항로에 대해 간략하게 설명했다.

우리는 해안선을 따라 가는 연안 항해가 아니라 난바다로 나가야 한다. 그래서 동쪽의 제르바 섬[65]을 지나 카프본 반도의 끝단인 아퀼라리아를 우회해 그대로 티로스로 항해할 계획을 잡았다. 물론 운이 따라줘야 한다.

배로 움직이는 건 육로보다 훨씬 편하긴 하다. 하지만 여기엔 위험이 따른다. 항해하기 좋은 계절이라도 선장이 아무리 바람을 잘 읽어도 풍랑은 변덕스럽고 곳곳에 숨어 있는 암초는 귀신의 머릿단처럼 반쯤 잠겨 있어 알 수가 없다. 난파의 위험은 언제든 존재한다는 소리다. 게다가 바르카의 푸념처럼 로마 제국의 통제력이 미치던 시절에는 해적이 활개 칠 틈이 없었지만 지금은 그때와는 전혀 다른 바다다.

"카카르!"

루카의 신경질적인 말투에 정신이 돌아왔다.

"듣고 있는 거야?"

65) 튀니지 동쪽에 있는 섬. 뱃사람을 유혹해 침몰시키는 세이렌의 섬 혹은 로투스 열매를 먹는 사람들의 섬이라는 전설이 전해 온다. 세이렌의 경우 원래는 시칠리아 섬이 유래지만 뱃사람들 사이에 세이렌 전설의 영역은 생각보다 넓다.

"응? 뭐? 아……."

"뭐 하고 있는 거야, 선장이. 살아서 돌아올 생각은 있는 거야?"

아까부터 나는 딴 생각에 빠져있었다.

도저히 자리에 앉아 있지 못할 것 같아 나는 몸을 일으켜 세우고 말았다.

"속이 안 좋네. 잠깐 바닷바람 좀 쐬어야겠어."

루카가 걱정 반 불만 반이 섞인 일그러진 시선을 하고 있었지만 나는 외면한 채 밖으로 나와 버렸다.

별이 촘촘해서 그런지 밖은 그리 어둡지 않았다.

아까부터 줄곧 초저녁에 본 메렐레인의 모습이 눈에 아른거렸다. 그때 메렐레인은 배 꼬리 쪽 붉은색으로 변한 바다를 배경으로 석상처럼 서 있었다. 엊저녁에 본 그 상자 속의 내용물을 꺼내 손바닥 위에 올려놓은 채 말이다. 메렐레인은 손바닥에 놓인 것을 온전히 바람에 맡기고 있었다. 바람은 그녀의 눈물도 함께 거두어 갔다. 눌러쓴 모자는 어딘가로 사라지고, 묶어 올린 머리는 어느새 풀려 슬픈 손짓처럼 나부꼈다. 멀리 거품처럼 상공으로 날아갔다 떨어져 내리는 것은 돌아올 수 없는 영혼의 파편들. 그건 영원한 그리움이고 아물지 않을 고통일 것이다.

망자는 누구일까 하는 호기심 따위 이젠 아무래도 상관없었다.

노을은 시리도록 아름다웠고, 여인의 슬픔은 어딘가 오래전 내 과거를 닮아 있었다. 내 마음은 난파선처럼 여기저기 구멍이 숭숭 뚫렸다. 알 수 있었다. 그건 망자의 머리털이겠지. 나도 예전에 해봤으니까. 그녀가 지금 하고 있는 것처럼 나도 이 바다에 아버질 묻었으니까.

밖은 한밤중이라 칠흑같이 어두웠다. 나는 뱃머리 쪽에 있었다. 아까의 싸한 기분은 가시고 온전한 고독이 주위를 감쌌다. 그 고독 속에는 메렐레인의 슬픈 눈빛도 죽은 아버지에 대한 기억도 없었다. 고즈넉한 밤공기, 별빛, 뱃전에 이는 파도 소리만이 텅 빈 공간을 채울 뿐.

얼마 안 있으면 제르바 섬을 우회하게 된다. 제르바는 오디세우스 이야기에 나오는 세이렌[66]의 전설이 내려오는 섬이다. 이제 곧 멀리 파도소리가 좀 이상하게 들리기 시작하는 순간이 올 것이고 그건 파도가 여기저기 암초에 부딪치는 소리다. 그리고 거기서부터는 그 옛날 호메로스가 경고했듯이 세이렌의 영역이 시작된다. 호메로스의 바다에선 어떤 일이든 가능하다. 사람의 얼굴을 한 괴조가 습격해 와도, 빨간 눈의 반인반어가 물 밖으로 고개를 내밀고 빤히 이쪽을 응시해도 전혀 이상할 일이 아니다.

물론 우리는 멀리 떨어진 채 섬을 돌아가니 직접적으로 제르바의 영향을 받진 않을 것으로 생각되지만 바다 사람들에겐 늘 습관처럼 몸에 밴 불안감이란 게 있다. 그 불안감이 그날 밤도 내 속에 똬리를 틀고 있었다.

인간의 욕망이 얼마나 강하고 제어하기 힘든 것인지, 또 욕망에

66) 그리스신화. 노래로 뱃사람을 유혹해 난파시키는 人面鳥身의 요정. 물의 요정의 원형으로 여러 이야기 속에 각색되어 인어의 모습을 띠기도 한다. 푸케(독일)의 작품에 등장하는 운디네라든가 멜루지네 등도 물의 요정의 한 유형이다. 참고로 스타벅스 커피의 로고가 멜루지네다.

이끌린 뱃사람이 어떻게 암초에 부딪혀 파멸하는지…… 이 바다에 수장된 헤아릴 수 없이 많은 희생자들의 한 맺힌 곡성이 들리는 것 같았다.

내게 있어 세이렌은 뭘까? 내 마음속 어두운 곳에서 강렬히 타오르는 욕정의 불꽃. 나를 파멸로 이끌지도 모를 그 세이렌 말이다.

??

이성보다 직감이 먼저 경고를 해왔다. 뭔가 잘못되었다. 나는 타는 듯한 강렬한 목마름과 희열의 혓바닥 같은 것이 하체를 타고 더듬어 올라오는 걸 느꼈다. 그것은 뱀처럼 꾸물거리며 몸 전체를 휘감아 왔다.

걸려든 것인가? 좀 더 빨리 알았어야 했다. 욕망의 불길은 한번 시작되면 멈출 수 없다는 걸. 사람에게 있어 파멸의 영역은 생각보다 훨씬 넓다는 걸.

"오늘 밤은 사투를 벌이겠군."

나는 쓴웃음을 내뱉고는 입술을 힘껏 깨물었다. 홍건한 핏물이 입속에 모이자 딱 한 가지 생각만이 머릿속에서 맴을 돌다 희미해져가고 있었다. 내가 지금부터 보게 될 것은 현실일 수도 환상일 수도 있다. 기둥의 밧줄에 자신을 묶기 전까지는 듣지도 보지도 행하지도 마라. 엠병할, 괜히 나와가지구선.

세이렌의 바다에서 밤중에 귀를 기울이면 소리가 보인다. 물 밖으로 튀어나올 듯한 금속성 고음과 바다 밑에서 울려나오는 듯한 저음의 하모니가 귓전에 밀려들었다.

소리는 어둠속에서 상상을 만든다. 상상 속에서 뱃사람들은 환상을 보기도 악몽을 보기도 했다. 그 환상이 바닷속에서 고개를 내밀면 세이렌이 되고 지금 저것처럼 머리 위쪽으로 떨어지면 하피[67]가 된다.

퍼덕! 퍼덕!

어두운 상공에서부터 희미한 발광성 물체가 곧장 내 쪽으로 떨어지고 있었다. 나는 마음속으로 다짐하듯이 속삭였다. 저건 갈매기다. 저건 갈매기다.

나는 마른침을 꿀꺽 삼키며 품 안의 단도를 움켜쥐었다. 저 자식이 달려들면 칼끝을 이렇게 긋고 이렇게 긋다가 녀석이 움칫 물러나면 잽싸게 선실로 뛰어 들어간다. 머릿속으로 이런저런 생각이 교차할 찰나 녀석이 허공의 어둠속에서 모습을 드러냈다.

흐익!

나는 움찔하며 뒤로 물러났다.

빛나는 커다란 눈, 굵고 짧은 다리, 통통한 몸매가 눈앞에서 퍼덕거리고 있었다.

엥?

그 모습은 하피스러운 공포와는 한참 거리가 있었다. 웃긴 모양을 한 새 중에서도 좀 더 우스꽝스런 용모를 자랑하는 부엉이의 모습에 가까웠다. 맞다. 부엉이였다. 그것도 내가 아주 잘 아는 야광

67) 그리스신화. 세이렌과 비슷한 여자의 얼굴에 새의 몸을 한 괴물. 영어로는 잔인한 여자를 뜻하기도 한다.

부엉이였다.

"토드?"

불안이 환희로 바뀌는 순간이었다.

하긴 그게 하피였대도 거꾸로 쥔 멍청한 칼로는 어떻게 할 수도 없었을 것이다.

"아하하하하. 토드! 이게 누구야. 앙? 앙? 얼마만이냐, 도대체."

나는 있는 힘껏 팔을 쭉 뻗었고 토드는 서너 번 날개를 퍼덕이더니 부드러운 동작으로 '착'하고 내려앉았다. 녀석의 몸통과 구분이 안 가는 땡그런 얼굴이 좌우로 돌아갔다. 완벽한 이등신의 내 오랜 벗.

토드에 대해서 말하자면…… 그러니까 딱히 그에 대해 설명할 얘깃거리는 별로 없는 녀석이다. 왜냐면 나도 잘 모르니까.

이 회색 부엉이 친구는 새카맣게 어린 시절부터 이유도 없이 내게 날아들었다. 설명할 순 없지만 녀석은 내가 어디에 있든 간에 귀신같이 날 찾아냈다. 참으로 신기한 개 코를 가진 놈이 아닐 수 없었다. 계절이 몇 번 바뀌고 부엉이의 털빛도 한두 번 바뀌는 동안 그렇게 우린 별 이유 없이 친구가 되었다. 아니 정확하게 말하자면 그 녀석이 항상 다리에 메고 온 파피루스 쪽지의 주인과 친구가 되었다는 표현이 더 정확하다. 하지만 나는 그 주인에 대해 아는 게 없다. 누군지, 어디 사는지, 무엇 때문에 내게 오는지, 또 어디로 날아가는지. 아는 게 없고 가르쳐 주지도 않으니 나는 내 나름대로 그에 대해 이름을 붙였다. 부엉이는 토드라 했다.

부엉이의 주인이 쪽지를 통해 내게 들려준 세상은 헤아릴 수 없이 많은 지식과 놀라운 경험의 파편들로 이뤄진 선물꾸러미 같은 것이었다. 그래서 나는 부엉이의 주인을 이렇게 이름 지었다. 지혜의 여신 미네르바! 물론 편지의 주인이 남자인지 여자인지 알 방법은 없었다.

토드는 이번에도 어김없이 쪽지를 매달고 왔다. 실로 오랜만에 받아 보는 소식이라 가슴이 쿵쿵 뛰었다. 편지란 건 참으로 누구에게나 설레는 법인가 보다. 이번에 미네르바는 어떤 얘기 보따리를 풀어놓을까.

성질 급한 나는 얼른 토드를 움켜잡고 뱃전에 걸어 놓은 등불 쪽으로 달려갔다.

타다다다다다!

척!

좌악!

옷을 잡아 찢듯 펼쳐 보인 파피루스에 빼곡히 적힌 글자가 눈에 들어왔다. 그리스어다. 내가 글을 읽을 수 있다는 게 얼마나 축복받은 일인지 새삼 깨닫게 된다. 들뜬 마음으로 내게만 허락된 자의 손에 의해 정성스럽게 쓰여 내려간 사연들을 읽기 시작했다.

'잘 있었어?

여행 중인가 보구나. 잘 생각했어. 떠나야만 오롯이 보이는 게 삶 속엔 많으니까. (항상 느끼는 거지만 참 신기한 일이다. 어찌 내

일거수일투족을 알 수 있는 거지? 나는 습관처럼 뒤를 돌아다본다)

한동안 소식 뜸했었지? 그럴 수밖에 없었어. 아주 소중한 사람을 떠나보내야 했으니까.

솔직히 이 일을 계속해야 할지 고민했어. 하지만 그러기로 했어. 이 일은 어쩌면 단절됐을지도 모를 우리 희미한 인연의 명맥을 이어준 끈, 망자가 남긴 마지막 유산이니까.

나는…… 네가 미웠어. 카카르! 그리고…… 지금은 많이 미안해.

혼란스러워, 모든 게. 나는, 아니 우리는 언젠가 서로 웃으며 하늘을 보게 될 날이 올까?'

나는 한동안 멍하니 서 있었다. 전에 없이 뜬금없고 두서없는 편지 내용에 적잖이 당황스러웠다. 마치 어려운 퍼즐을 대할 때 느끼는 난감한 기분으로 나는 편지 내용을 몇 번이고 재탕 삼탕했다. 미네르바는 결코 지금껏 단 한 번도 자신의 개인적 고민이나 속내를 표현한 적이 없었다.

"응! 토드 뭔 소리냐? 니 주인 지금 뭔 소리냐구. 응!"

열심히 부엉이의 모가지를 움켜잡고 흔들어 봤지만 소용없는 일이었다. 뭔 일이 있긴 한 모양인데…….

나는 얼른 쪽지의 뒤쪽에다 먹탄을 대고 쓱쓱 답장을 쓰기 시작했다. 왜 그러느냐, 뭔 일이냐, 죽다니 누가, 속 시원히 말 좀 해봐라, 등등의 정리 안 되는 질문들의 나열.

나는 순간 터져 나오는 웃음을 참을 수가 없었다. 뭐 하는 짓인가, 이게. 내가 할 수 있는 일 따위 있을 턱이 없잖은가. 할 수 있는 거라곤 기껏해야 이깟 답장을 쓰고 부엉이 다리에 매달고 저 멀리 날려 보내고 또 기약 없이 다음 편지를 기다리고…….

나는 텅 빈 어둠 속 누군가를 향해 고래고래 소리를 질렀다. 물론 메아리조차 돌아오지 않는다. 한참을 그렇게 어둠 속을 응시했다.

에라이!

나는 회신 내용이 적힌 답장을 구깃구깃 말아 들고는 바다를 향해 투척 자세를 취했다.

"뭐 하세요?"

사람이 투척 자세를 취하고 한쪽 발을 지면에서 뗄 때 뒤에서 갑작스런 목소리가 들려오면 나머지 한쪽 발도 공중에 뜨게 되어 있다. 즉 자빠진다는 말이다. 나는 만세 자세를 한 채 뒤로 벌러덩 누웠다.

이상한 일이었다. 순간 주위가 환해짐을 느꼈다. 시간이 아주 느리게 흐르는 것 같았다. 여긴 바다고 바닥은 배의 갑판일진대 주위로 들꽃이 일고 향긋한 풀 내음이 났다. 하늘 위로 구름같이 생긴 게 빠른 속도로 어디론가 떠밀려가고 있었다. 그것은 개울물에 비친 사람 얼굴 같기도 하고 겪어보지 않은 기억 속 풍경을 그려놓은 듯한 혼란스런 덩어리들을 담은 눈부신 빛의 무리처럼도 보였다. 그리고 그런 배경을 등지고 내려다보는 환하게 미소 짓는 얼굴이 보였다. 미소는 따사로운 햇살처럼 내 주위를 감싸 안았다. 미소는 곧 목소리로 바뀌었다. 온몸에서 힘이 빠져 나가는 것 같았다.

목소리가 내게 물었다. '왜 울고 계세요?' 나는 대답했다. '그리움을 극복하지 못할까 봐 두려워서요.' 목소리는 조용히 웃었다. '그리움은 극복하는 게 아니라 함께하는 게 아닐까요? 삶은 부질없는 것. 영원에 잠깐 스친 그림자일 뿐. 그러니…… 전설이 되세요. 당신이 만들어 갈 전설. 그 풍경 속에 가장 밝은 모습으로 웃고 있는 그리움을 사람들은 늘 만나게 되겠죠.'

사방이 다시 어두워졌다. 들꽃은 어디론가 날아가고 풀 내음 대신 소금기 섞인 공기가 콧속으로 밀려들었다. 그 짧은 순간에 나는 미래를 본 것인가. 나는 그것이 머리부터 바닥에 떨어진 탓에 잠깐 정신이 나갔기 때문이라 생각했다.

"괜찮으세요?"

별바다를 등지고 선 메렐레인이 걱정스런 표정으로 내려다보고 있었다.

나는 머리통을 두드리며 일어나 앉았다.

"내가 잠깐 기절했었나요?"

메렐레인은 고개를 끄덕였다.

나는 주위를 둘러봤다. 역시나 별다른 건 없었다.

메렐레인은 한쪽 무릎을 꿇고 나와 눈높이를 맞췄다.

"정말 괜찮은 거예요?"

찬찬히 나를 살펴보는 그녀의 잔잔한 눈동자에 살짝 파문이 일었다.

"미안해요. 나 때문에."

"괜찮아요. 머리에 가끔 주는 충격은 건강에 좋답니다. 하하하. 그보다……."

나는 안도의 한숨을 내쉬었다.

"이상한 것을 봤어요."

"어떤……."

"글쎄요, 딱 집어 말하긴 그렇고. 왜 있잖아요. 신탁[68] 받을 때 오는 느낌. 그런 거."

"예언 말인가요?"

나는 고개를 끄덕였다.

그녀는 흥미롭다는 듯 고개를 내 쪽으로 바짝 붙였다.

"어떤 예언인데요?"

"……."

시선을 내게 고정한 채 갸우뚱하고 살짝 기울어진 그녀의 턱 선을 따라 머릿결이 스쳐 지나갔다. 진지하게 들을 준비가 되었다는 표정이다. 신탁이든 개꿈이든 나는 절대로 그런 걸 남한테 털어놓을 놈이 못된다. 하지만 그냥 대충 넘어가기엔 그날따라 마음이 너무 무거웠고, 그녀의 진지한 얼굴을 외면한 채 딴전을 피울 상황도 아니었다.

휴!

68) 오라클(Oracle). 신의 응답으로 점성, 해몽, 제비뽑기 등도 일종의 신탁이다. 고대 그리스의 델포이 신탁이 유명하다.

그냥 털어놓기로 했다.

"나는……."

그녀의 얼굴이 더욱 가까이 다가왔다. 마치 심문이라도 하려는 듯이, 이상한 상상도 가능할 법한 그런 가까운 거리까지 말이다.

"나는……."

"……."

"당신의 죽음을 보았어요."

여신 아우로라[69]가 열어젖힐 새벽은 아직 한참 멀리 있었다.

우리 둘은 뱃전에 기댄 채 한동안 아무 말도 하지 않았다. 메렐레인은 난간에 기대어 고개를 약간 뒤로 젖힌 채 눈을 감고 있었다. 성에서도 비슷한 풍경을 본 것 같다. 그녀는 아마도 뭔가 고민할 필요가 있을 때는 눈을 감고 바람이나 빛의 도움을 받나 보다, 그런 생각이 들었다.

"그래서 당신 생각은 어때요?"

침묵을 먼저 깬 것은 메렐레인이었다.

머리를 쓸어내리며 물어온 그녀의 음성엔 웃음이 살짝 섞여 있었다.

"죽지 않는 사람이 있나요. 그건 피할 수 없는 거죠. 예언이라고 할 수도 없죠. 다만 언제 어떻게 죽느냐가 문젠데. 그것 또한 알 수

69) 아우로라 혹은 오로라로 불리는 새벽의 여신. 그리스 신화의 에오스에 해당된다. 달의 여신 셀레네와는 자매지간이다.

가 없죠. 그러니까 그건 예언이라고 할 수조차 없는 거죠."

"그렇군요."

"헤, 그렇다니까요."

우리는 어느새 나란히 걷고 있었다. 그녀는 고개를 들어 밤하늘을 물끄러미 쳐다봤다. 그녀의 시선이 향하는 곳을 향해 나도 눈을 이리저리 굴렸다.

"오늘 밤에도 어디에선가는 별이 태어나고 또 죽겠죠. 빛나는 별빛이 사그라지면 그만큼 사라진 어둠을 밝히기 위해 주위의 별들이 힘을 내줄까요? 그렇다면 큰 별의 죽음이 헛되진 않을 거예요. 그렇지 않을까요?"

그녀는 알 수 없는 이야기를 했다. 나는 선뜻 답이 안 나오는 질문에 난처한 표정으로 머리를 긁적일 수밖에 없었다.

"아, 미안해요, 카카르 씨. 내 얘기만 했군요. 음, 그건 그렇고. 갑판엔 왜 나와 있었던 거죠?"

"아, 갑판…… 아, 그거."

"……?"

가던 길을 멈춰 서자 그녀의 발걸음도 같이 뚝 하고 멈췄다. 왜냐면 당신 때문이랍니다, 라는 말 따위 할 수 있을 리가 없었다.

"선장은 승객의 안전을 생각하면 밤에 잠이 잘 안 오죠."

나는 팔짱을 끼며 강인한 눈빛으로 검은 바다를 응시했다.

"푸훗."

예상과는 달리 그녀는 실소를 터뜨렸다.

"하하하하하."

별로 웃기려고 한 얘기는 아닌데, 그 웃음소리는 나에 대한 그녀의 감정이 어떤지 고스란히 담고 있는 듯싶어 왠지 우울해졌다.

"미안해요. 미안하단 말 자주 하는 거 안 좋은데. 킥킥! 산에서 불타는 머리로, 당신의 진지한 표정이 떠올라서. 흠흠, 미안해요. 푸하하하."

그녀는 아예 배를 움켜잡기 시작했다.

나는 어색한 표정을 한 채 식은땀을 흘릴 수밖에 없었다.

"아하하."

"하하하하하."

잠시 후 어느 정도 진정이 됐는지 그녀는 손가락을 입에 대며 눈짓을 했다. 아마 다른 사람들을 깨우고 싶지 않은 모양이다. 그것이 타인에 대한 배려 때문인지 아니면 둘만(?)의 호젓한 시간을 방해받고 싶지 않아서인지 내 둔한 머리로는 알 길이 없었지만 말이다. 그래도 한 가지 다행스러운 점은 모처럼 우울한 메렐레인에서 성에서 본 다소나마 밝은 메렐레인으로 돌아왔다는 점이다.

그녀는 뒷짐을 진 채 다시 내 옆을 걷기 시작했다.

"이상해요."

"뭐가요?"

"당신이 곁에 있으면 잊게 돼요."

"흠…… 그게 뭘까요?"

"사람을 떠나보냈어요. 아주 많이 사랑했던 어쩌면 내 전부인지도 모를. 말하자면 저는 상을 치르는 상주. 그런데 잊게 돼요, 당신 때문에. 그건 망자에겐 죄스러운 일인데 말이죠."

"저기…… 그는 어떤 사람이었죠?"

메렐레인의 발걸음이 멈춰 섰다.

"궁금하세요?"

나는 고개를 끄덕였다.

그녀의 눈은 다시 공허해졌다.

"실망하실 텐데요."

고개를 떨군 채 그녀는 내 반응을 기다렸다.

내 꼴리는 대로 살아온 인생. 실망…… 그까짓 거. 두근두근.

그녀가 고개를 내 쪽으로 돌리더니 발뒤꿈치를 들어올렸다. 눈높이가 나와 비슷하게 맞춰지자 그…… 그……초록색 눈동자가 슬며시 다가왔다.

"그래도 듣고 싶으세요?"

숨소리가 들릴 정도로 지척의 거리에서 메렐레인의 선홍색 입술이 묻고 있었다.

두둥! 쿠쿵!

마른 침이 연거푸 넘어가고 심장은 성난 파도처럼 가슴을 쳤다. 그녀야 말로 혼미한 의식과 함께 멀어져가는, 침몰 직전에 보는 세이렌이었다.

그때 내가 왜 그랬는지는 지금도 잘 모르겠다. 굳이 이유를 대자면 그냥 왠지 그렇게 해야 할 것 같았으니까.

좌초 직전에 나는 뭔가 중요한 거라도 찾듯 시선을 딴 데로 돌리고는 손가락질을 했다.

"와! 부엉이다."

내 손가락질 방향으로 그녀의 시선이 따라가고 그곳에 생뚱한 표정을 한 부엉이 토드가 밧줄을 붙잡고 앉아 있었다.

"어! 진짜네?"

메렐레인은 부엉이 쪽으로 다가갔다.

향긋한 머릿결이 코끝을 스치고 지나갔다.

"아욱! 귀여워."

메렐레인이 손을 내밀자. 토드가 쪼르르 내려와 그녀의 손등에 앉았다. 그녀는 곧 부엉이를 가슴에 폭 끌어안았다. 결국 그날 밤 세이렌의 품속으로 침몰한 것은 내가 아니라 부엉이가 되었다.

잠시 후 우리는 오랜만에 찾아온 친구와 작별했다. 나보다 메렐레인이 더 아쉬워했다. 토드는 나의 회신이 담긴 쪽지를 매단 채 밤하늘로 돌아갔다. 발광성 부엉이답게 토드가 어둠에다 새기는 빛의 모자이크. 밤하늘을 안에서 밖으로 밖에서 안으로 미끄러지고 있는 게 마치 내 마음을 그리는 것 같았다. 그림은…… 생긴 게 꼭 궁둥이 같냐 어째. 아니지, 뒤집어보면…… 음, 내 마음이 맞는군. 신기한 일이었다.

빛이 바래져 엷은 회색을 띄는 날개만큼이나 세월의 무게에 녀석의 움직임도 예전보다 많이 둔해지긴 했지만, 하지만 그는 내게 있어 친구다. 친구라는 이름은 지나온 세월만큼이나 무겁다. 그 무거운 친구가 다음을 기약하며 허공 저편으로 모습을 감췄고 우리는 언제까지고 바라보고 있었다.

메렐레인은 토드가 떠나간 허공에 시선을 떼지 않은 채 중얼거리듯 말했다.

"미안해요. 당신은 내게 진심을 보여주지만 나는 당신에게 별로 줄 게 없군요. 하지만. 지금은 모든 게 가려져 있어도 언젠가 어둠이 걷히고 내 진심이 당신에게 닿는 날이 오겠죠."

나는 미소로 대답을 대신했다.

그녀의 풍성한 진홍색 머릿결이 밤하늘로 흩어졌다.

"선원이라 하셨죠? 들려주시지 않을래요? 별의 얘기를."

내 이름은 카카르 세겐. 내 이안의 눈동자처럼 어디에도 속한 바 없으며 여행과 뱃전에 이는 바람의 자유를 사랑하는 자로서, 그날 밤 오래도록 그녀에게 들려줬다. 이 찬란한 별의 바다에 관한 얘기를…….

2장 2절
습 격

아버지는 문간에 기대어 서 있었다. 몹시 지쳐 보였다. 몰골을 보아하니 먹지도 마시지도 잠을 자지도 않은 채 계속해서 말을 달려온 모양이었다.

나는 고개도 돌리지 않은 채 수프 끓이는 데만 집중했다.

"누구시더라?"

"누구긴, 니 애비지."

"나한테 애비가 있었나? 아, 그렇게 주장하는 인간이 몇 년 전엔가 불쑥 찾아온 일이 있긴 있었지. 하도 오래 돼서 기억도 안 나네."

아버지라고 주장하는 남자는 뭔가 대꾸를 하려다 말고 문턱에 주저 앉아버렸다. 움켜쥔 옆구리에선 핏방울이 투둑 떨어지고 거친 숨소리가 불규칙적으로 터져 나왔다. 나는 직감적으로 알았다. 심각한 부상이란 걸.

나는 욕지거리가 나오려는 걸 꾹 참고 물었다.

"그래, 이번엔 어떻게 오셨수?"

아버지는 '휴' 하고 한숨을 길게 토해내었다.

"어떻게는, 유언 정도는 남겨야 하잖아. 쿨럭!"

"내가…… 그런 거 들어줄 거라 생각했소?"

아버지는 쓴웃음을 짓더니 아까보다 더 길게 한숨을 뱉았다.

"농담이다. 그냥 마지막으로 아들 얼굴이나 한번 보려고."

"젠장! 몇 년 만에 나타나서는……."

수프를 젓는 손목이 부르르 떨렸다.

"너무 구박 마라. 콘스탄티노플에서 여까지 오느라 힘들었다."

콘스탄티노플이라, 제국의 수도 콘스탄티노플 말인가. 나는 그곳이 어디에 붙었는지 모른다. 관심도 없다. 하지만 잘 안다. 거기서 이곳 아프리키야까지는 부상당한 인간이 살아서 올 수 있는 거리가 아니라는 걸.

수프는 벌써 눅어 버린 지 오래다. 솥단지 타는 냄새가 진동했지만 나는 젓는 걸 멈추지 않았다.

"그래 뭐유? 그 유언이란 게."

몸을 가누지 못하던 아버지는 가슴팍으로 손을 가져가더니 뭔가를 꺼내 들었다.

"이거…… 좀…… 전해 주렴."

"누구한테?"

"니 엄마."

"……!"

"……."

"뭔 수작이야. 엄마라니. 그런 거…… 없다며, 나한테."

"……."

아버지는 웃을 뿐이었다.

"고향에…… 묻히고 싶구나."

힘든 듯 눈을 감은 아버지는 이후 다시 입을 열지 않았다.

옘병할…….

검게 그을린 솥단지 속으로 이제 막 반 고아가 된 자의 눈물이 마구 쏟아져 내렸다.

눈을 떴다. 파도에 흔들리는 나무 천장 사이로 빛이 새어 들어왔다.

언제부턴가 잠에서 깨면 추위가 밀물처럼 몰려들었다. 더구나 지금처럼 망자의 꿈에서 깬 아침엔 오한에 몸이 떨릴 지경이다. 그건 세상에 홀로된 자가 아침마다 맞이하는 고독이라는 이름의 추위. 나는 움츠린 채 자리에서 몸을 일으켰다.

바닥을 살피자 코를 골고 있는 바르카 형 이하 친구들이 보였다. 한 겹 두 겹 포개져 서로를 덮은 채 인간 이불을 이루고 있었다. 나는 녀석들의 잠든 얼굴을 발판 삼아 선실을 빠져 나왔다.

동이 튼 지 오래된 바다. 갑판 위로 따듯한 햇살이 몰려들어 눈이 부셨다. 시야가 선명해지자 선수에서 보초를 서던 루카의 뒤통수가 보였다.

"어이, 루카. 항로는?"

가죽 모포를 뒤집어 쓴 루카는 찌든 얼굴로 뒤돌아 봤다. 밤새 위험한 바다와의 신경전으로 눈동자에 벌건 핏발이 선채로 루카가 대답했다.

"우엣취!"

루카가 엄지손가락을 들어보였다. 녀석의 엄지손가락 치켜든 모습은 언제 봐도 믿음직스럽다. 책임감이란 측면에서 봤을 때 선장에 더 어울리는 건 오히려 나보다 루카 녀석일 게다.

"가서 눈 좀 붙여."

루카가 들어가자 나는 이것저것 배의 상태를 살피기로 했다. 시계도 밝고 바람도 잔잔했다. 배는 일단은 순항 중이었다. 제르바 섬을 지나면 바다는 한층 더 탁 트이고 끝없는 푸른 해원이 시야 가득 펼쳐진다. 이 푸른 세상은 어디까지 이어진 것일까. 내가 알고 있는 세상의 눈금으로 잰다면 나는 어디쯤 위치하는 존재일까.

호메로스가 알았던 지중해는 서쪽으론 시칠리아 섬 동쪽으론 헬레스폰토스[70]까지였다. 그러나 시간의 흐름 속에 지식은 상인과 군인들의 발걸음을 따라 확장되어왔다. 이제 나는 서쪽 끝에는 헤라클레스의 기둥이 있는 칼페산 해협과 그 맞은편에는 대양이 있다는 걸 알고 있다. 호메로스가 말한 기억을 잃게 만드는 과실인 '로토스 열매의 섬'이라든가 키클롭스가 사는 섬은 바로 이 서쪽 바다다. 북동지역으로 자리를 옮기면 흑해[71] 너머 스키타이[72]인에 관한

70) 지금의 터키 부근 다르다넬스 해협으로 '헬레의 바다'란 뜻

71) 러시아와 터키 사이의 내해. 물색이 검어서 흑해라 부르며 염도가 다른 바다의 절반 수준으로 수심이 깊은 곳은 산소가 거의 없다. 따라서 흑해에서 침몰한 배는 세월이 많이 흘러도 보존 상태가 매우 좋아 고고학의 보고로 불리기도 한다.

72) 기원전 6세기부터 남부 러시아에 나타난 최초의 기마 민족

전설도 들어봤다. 헤로도토스[73]가 말하길 그곳엔 염소 발을 가진 사람들, 늑대인간이라든가 그리핀[74]이 있고, 그 너머엔 설원으로 뒤덮인 사막이 끝도 없이 펼쳐진다 했다. 하지만 이 모든 지식은 가려진 베일 뒤편 여인의 실루엣처럼 희미하고 확실치 않다.

나는 항상 꿈을 꾼다. 바람은 자유고 돛은 날개다. 언젠가 저 바람을 다 모을 수 있는 커다란 날개를 손에 넣고, 내 삶이 좀 더 긴 시간을 허락한다면, 이 베일 같은 세상을 내 눈으로 하나씩 걷어내 보고 싶다는 생각을 해봤다.

나는 천천히 뱃전을 따라 갑판 위를 거닐었다. 나뭇결을 따라 손길을 더듬다 보니 배의 체온이 느껴진다. 사랑하면 느낄 수 있다고 어느 철학자가 말했던가. 애정은 죽은 나무의 결에서조차 손끝에 느껴지는 맥박을 만드나 보다.

돌이켜보면 내 여신호의 탄생 과정은 산모의 그것만큼이나 꽤나 힘들었다. 배는 노를 줄이는 대신 위쪽 활대에 고정시키고 아래쪽은 쥠줄로 늘였다 줄였다 할 수 있는 사각 돛 2개를 적절히 배치해 적은 인원으로 난바다를 항해할 수 있게 개조했다. 사각 돛은 폭은 넓고 길이는 짧게 만들어 강한 바람을 잘 다룰 수 있게 했다. 하지만 문제는 로마시대 갤리선을 개조한 것이라 너무 낡았다는 점이다. 낡은 배는 행여 닥칠지도 모를 거센 풍랑에 취약하다. 로마인은 건축술에는 능했지만 배를 만드는 일에는 카르타고인을 포함한 해

73) 그리스의 역사가. 페르시아 전쟁을 다룬 '역사'를 저술.
74) 그리폰. 독수리 머리에 몸은 사자로 리파이오스 산의 황금을 지킨다.

상민족보다 서툴렀다. 로마 갤리선의 용골과 늑재의 이음매는 폭풍우를 견디기 알맞게 설계되어 있진 않았다.

나는 선미에서부터 선수에 이르기까지 눈으로 관찰할 수 있는 것은 모조리 살폈다. 그리고 결론을 내렸다. 배는 정비가 필요했다. 적당한 섬에 상륙해 선체를 옆으로 뉘인 뒤 필요한 수선 작업이 뒤따라야 한다. 난바다 항해라는 건 그렇다. 항로와 조류, 바람이 내 예측대로라면 얼마 지나지 않아 사브라타 해안에 가까워질 것이다. 물론 예측이 정확했을 경우에 한하지만 말이다.

"뭐 해?"

등 뒤에서 누군가가 말을 걸어왔다. 엘리사의 목소리였다. 어젯밤처럼 뒤통수로 물구나무를 서는 일은 없었다.

"흠……. 돛줄에 앉은 새를 찾고 있지."

"새?"

"어."

"새는 어디에 쓰려고."

"어디 쓰려는 게 아니라. 참 내."

나는 핀잔을 주려다 말았다. 상대는 나긋나긋한 메렐레인이 아니라 성깔 있는 노랑머리니까.

"설명해 주지. 이 배는 말이야. 사랑스럽긴 하지만 좀 늙었어. 쉽게 말해 적절한 치료가 필요하다는 말이지."

"사랑스러워? 에이, 그건 아니다. 내 눈엔 완전 고물이구만. 하하하."

빠직!

이마에서 혈관 터지는 소리가 들렸다. 뱃사람에게 배는 역경을 함께 뚫고 온 여자 친구. 아니 말하자면 조강지처인 셈이다. 뱃사람의 여자를 비하하는 발언을 한다는 건 개념에 어지간한 상처를 입지 않고서는 있을 수 없는 일이었다.

나는 서서히 몸을 일으켰다. 내가 뒤돌아서는 순간 저 노랑머리 소녀는……. 으, 생각만 해도 끔찍하다.

"어? 새다."

"응?"

"저기!"

과연 엘리사 말대로 갈매기 한 마리가 돛줄에 앉아서 인상을 팍팍 쓰고 있었다.

"호, 길조로세."

"길조?"

나는 뒤돌아보지 않은 채 바다에 대고 얘기하듯 물음표 소녀에게 말했다.

"세상일엔 다 길조와 흉조란 게 있지. 배를 탈 때도 마찬가지야. 뱃사람에게 길조란 게 뭐겠어. 육지만큼 반가운 게 있을까? 새가 보인다는 건 근처에 육지가 있다는 소리 아니겠어?"

아는지 모르는지 엘리사는 아, 흠, 등 감탄사를 연발했다. 이참에 나는 흉조에 대해서도 강의하기로 했다.

"흉조도 있어. 날씨가 맑은 동안에는 머리나 손톱 같은 거 자르는 건 금기야. 폭풍우를 몰고 오거든."

"카카르는 이상해. 의외로 미신 같은 거 믿네?

"미신이 아냐, 정말로……."

나는 뒤를 돌아보고는 벌렁 나자빠질 뻔했다.

엘리사의 노랑머리 중발이 말끔한 단발머리로 변신해 있었던 것이다.

"너, 너, 머리털 어쨌어?"

"응? 머리털? 아, 맞다. 어때? 괜찮아 보여?"

엘리사는 부들거리는 내 앞에서 살인 미소를 한 채 빙글 하고 돌아보였다. 그것도 여러 번을……. 방금 전에 그토록 친절히 설명했건만 이 여자아이는 전혀 이해를 못 한 모양이었다.

"야 기집애야. 머리털 어쨌냐니까?"

내 다급한 목소리에 놀란 엘리사는 그제야 회전을 멈추고는 한 발짝 물러섰다.

"글쎄, 어쨌더라. 아이 몰라. 버렸어."

"어디다?"

"몰라. 바다 어디 던져버렸겠지. 그런데 왜?"

"야이, 기집애야아아아!"

이것저것 생각할 시간이 없었다. 해신의 진노를 달래기 위해서 지금 할 수 있는 게 있다면 똑같은 형태의 제물을 다시 준비해 정성껏 재를 올리는 것뿐. 물론 그 제물이란 엘리사의 머리털이다. 다시 잘라야 한다. 에잇!

나는 흥분한 얼굴로 엘리사의 어깨를 향해 손을 쭉 뻗었다. 놀란 엘리사가 움찔 하며 뒤로 다시 몇 발짝 물러났다. 엘리사를 붙잡기 위해 부단히 애를 썼지만 쉽지 않았다. 그렇다면 윗도리라도 움켜잡아야지.

나는 엘리사의 가슴팍을 향해 손을 쭉 뻗었다. 에잇! 에에잇! 엘리사는 가쁜 숨을 몰아쉬며 심하게 몸부림을 쳤다.

"뭐하는 거야! 변태새끼! 이거 안 놔?"

그녀가 무참히 휘두르는 손톱이 휙휙 눈앞을 왔다갔다. 내 터번이 벗겨지고…… 이마엔 로마시대 도로가 뚫리고…… 눈썹도 뽑힌 것 같다.

생각보다 저항이 심했다. 에라, 모르겠다. 급한 대로 우선 내 거로 하자. 나는 불에 타지 않은 남은 머리털을 한 움큼 잘라 낸 뒤 바다에 던져 넣었다. 도끼눈을 한 엘리사에게 다리를 물린 채였지만 나는 최대한 경건한 동작으로 무릎을 꿇었다.

친애하는 아얏! 넵투누스 신이시여!

"아침부터 무슨 소란이야?"

한바탕 소동에 잠이 깬 동료들이 갑판으로 우르르 올라왔다.

친애하는…….

나는 엘리사를 털어내려고 다리를 몇 번 흔들었지만 쉽지 않았다.

"풋! 푸하하핫! 카카르, 뭐야, 그 두상은?"

고타가 내 앞에서 울부짖으며 대굴대굴 구르기 시작하자 노아도 뒤를 따랐다. 반 민둥머리가 되어버린 내 머리통을 보고는 모두들 포복절도하는 것이다.

바다를 지배하는 해신이시여. 저들의 철없는 영혼은 무시하옵고…….

엘리사가 도끼눈을 풀지 않은 채 이 사람 저 사람 붙잡고 저 새끼 잡아 족치라는 듯 자초지종을 설명했다.

“야, 카카르. 미신이라니깐. 이제 곧 뭍이 보일 거야.”

바르카가 한쪽 손으로 이마를 짚은 채 한숨을 쉬었다.

“아니, 미신 아닌 거 같은데? 저기를 봐!”

팔짱을 낀 채 바다를 응시하던 월영이 말했다. 우리 모두 월영의 시선이 향하는 곳으로 고개를 돌렸다. 뭍이 있을 것으로 판단되는 방향으로부터 여섯 척의 배가 파도를 헤치고 맹렬히 노를 저어 우리 쪽으로 다가오고 있었다.

“갤리선단?”

“해적인가?”

아니, 해적은 아니었다. 돛포에 그려진 칼과 방패가 교차한 모양새. 어디서 많이 보던 문양이다.

“반달 함대다!”

고타의 말대로였다.

바람의 힘만으로 움직이는 우리 돛선이 장거리 달리기 선수라면 수십 명이 일제히 노를 젓는 갤리선은 단거리 선수다. 더군다나 지금처럼 풍향이 맞바람으로 바뀐 상황에서 쾌속 갤리선을 뿌리치기란 불가능에 가깝다. 순식간에 우리와의 거리를 좁힌 반달 갤리선단이 물고기를 어망에 몰아넣듯 빙그르르 우리를 둘러싸고 있었다.

그 갤리선 중 한 척에 올라탄 우리가 아는 얼굴이 웃으며 손을 살랑살랑 흔들고 있었다. 스탄이었다.

"또 저 녀석이야?"

"질린다."

"어떻게 알았지?"

이놈 진짜 덩치에 어울리지 않는 그 끈질김에 찬사를 보내고 싶을 정도로 재수 없는 놈이다.

나는 새삼 메렐레인과 엘리사의 정체가 궁금해졌다.

"예상은 했다만 하필이면 반달놈들한테 쫓기냐."

바르카 형이 못마땅하다는 듯 투덜거렸다. 어쨌거나 그들은 카르타고 땅의 지배자. 그들에게 쫓긴다는 말인 즉 고향 땅을 다시 못 밟는다는 소리다.

"카카르! 하나만 물어보자. 지금이라도 재들 넘기고 편해질래, 아니면 굳이 가시밭길을 갈래?"

"안 넘긴다."

"그만한 가치가 있다 그거냐? 너같이 계산적인 놈이 고향 땅을 등질 만큼?"

"그건 됐고. 형! 저 녀석들 어떻게 나올 것 같아?"

"어떻긴. 충각[75]으로 들이받은 다음에 벌떼처럼 올라타겠지."

"형! 역청[76] 좀 있지?"

"야. 잠깐."

"시간 없어, 뛰어! 노아! 루카 깨워. 배에 탄 사람 전부 다 깨워. 전투 준비다. 돛줄 다 풀고 화살 있는 대로 모아."

나는 바르카의 손을 잡고 선창으로 냅다 달리기 시작했다. 포위망에 대항할 방법은 지금으로선 단 하나. 인화성이 강한 역청을 바른 불화살로 최대한 접근을 막으면서 치고 빠지는 거다.

바르카는 힐끗 메렐레인을 돌아다봤다. 그의 물색 눈동자가 예리하게 빛났다.

"쳇! 헬레네[77]를 납치한 파리스 왕자가 따로 없군. 그러면 나는 뭐 헥토르쯤 되나. 어째 냄새가 많이 위험하다 했다."

나는 바르카의 투덜거림에 일일이 대응할 틈이 없었다.

내 섹시한 여신호는 놈들의 갤리선 뱃머리에 달려 파성퇴처럼 밀고 들어올 철제 충각의 공격력을 받아낼 맷집이 없다. 애초에 그럴 목적으로 개조한 배도 아니고. 포위되면 끝장이다.

나는 선창의 문을 부술 듯이 발로 차 열고는 안에 있는 역청이 담긴 통을 끌어내 옆으로 굴렸다. 내가 통을 굴리자 바르카가 방향을 잡아줬다.

75) 배 앞에 돌출된 부분으로 적선을 들이받아 침몰시켰다.
76) 인화성이 강한 방수 물질
77) 트로이의 파리스 왕자와 눈이 맞아 달아난 스파르타 왕 메넬라오스의 아내. 경국지색답게 그녀 때문에 트로이 전쟁이 일어났다.

통을 굴리며 갑판으로 나오자 웅성웅성 사람들이 모여서 일대 소동이 일었다.

"이봐! 선장. 무슨 일이야?"

"해적이야, 뭐야?"

"해적 아니야."

그러는 사이 놈들의 경고용 화살 두개가 길게 궤적을 그렸다.

"모두 머리 숙여!"

팟! 팟!

화살 하나는 뱃전에, 나머지 하나는 루카의 머리를 아슬아슬하게 넘어가 돛대에 꽂혔다. 무작정 달리는 인간, 고래고래 비명을 지르는 인간, 땅바닥에 주저앉아 우는 인간 등등 삽시간에 내 여신호는 아수라장이 되었다.

"주, 죽는다."

"오. 내 죄를 사하여 주옵시고, 다만……"

퍽!

그때 바르카의 이단 옆차기가 그들을 향해 날아들었다.

"해적 아니라니까. 죽기는 누가 죽어. 죽을 생각 말고 살 생각을 해!"

바르카가 아니었다면 내가 그럴 작정이었다. 바다로 격리된 배 위에서 공포란 놈은 육지보다 훨씬 빠르고 깊숙이 사람들 사이로 전염된다. 그 공포란 번지는 산불과 같아서 초장에 잡지 않으면 모든 걸 잿더미로 만든다.

바르카의 발차기가 효과를 봤는지 모두들 조금은 수그러진 눈빛을 하고 있었다. 다음 순간 적어도 어떻게 대처해야 할지 생각이란 걸 할 준비가 된 그런 눈빛 말이다. 나는 이때를 놓치지 않았다.

"뱃머리 반전!"

내 고함소리에 맞춰 루카가 있는 힘껏 키를 잡아 당겼다.

돛대가 회전하자 역풍을 받은 여신호가 천천히 뒤로 물러서고 있었다.

"화살 몽땅 가져와!"

고타와 노아가 끌어다온 화살은 50개가 채 안됐다. 난사는 안 된다. 필요한 곳에 필요한 타이밍에 날려 보내야 한다. 우리는 바닥에 널브러진 화살을 하나씩 주워들고 화살촉에 헝겊을 두른 뒤 역청을 바르기 시작했다. 놈들도 우리가 저항하려는 모습을 보이자 더 이상의 경고사격 없이 곧바로 다음 행동으로 옮겨갔다.

"들이받을 모양이야"

"빨리, 빨리!"

불화살을 날린다 해도 황소가 이미 뿔을 세우고 돌격한 상태라면 멈출 수가 없다. 불화살은 돌격을 피한 다음 얘기다. 제1격을 피하느냐 못하느냐는 전적으로 키를 잡은 루카에게 달려 있었다. 우리 여신호의 좌우측에서 각각 한 대씩의 갤리선이 공성차를 떠난 바위덩이처럼 수직으로 날아오고 있었다.

우샤! 우샤! 노잡이들의 함성소리가 점점 가까워졌다. 루카는 키를 잡은 채 안간힘을 쓰며 주위를 두리번거렸다. 제길! 바람이 모자

라. 여신호를 좀 더 밀어낼 바람이……

나와 메렐레인의 시선이 서로 교차했다. 메렐레인은 눈을 뜬 채 뭔가를 읊조리기 시작했다. 그러자 엘리사도 눈을 뜬 채 중얼거렸다. 다들 각자의 신을 향해 주문을 외우기 시작했다. 쓴웃음이 나왔다. 내 입술도 자연히 그들을 따라 움직였으니까. 인간이 할 수 있는 걸 한 다음이라면 인간이 할 수 없는 건 이러니저러니 해도 역시나 신의 몫인가 보다.

넵투누스시여. 솔직히 말해서 당신은 별로 인기가 없습니다. 왜냐고요? 무서운 얼굴로 폼만 잔뜩 잡았지 사람들 인생엔 관심이 없으니까요. 그래서 사람들은 올림포스를 하나 둘 떠나게 된 겁니다. 요즘은 유대인의 신이 뜨고 있다죠. 당신도 형제들의 전철을 밟으실 건가요. 외롭지 않으세요? 누구도 이젠 당신의 바다에서 당신의 이름을 부르지도 당신에게 성물을 바치지도 않을 겁니다. 하지만 운 좋게도 당신에겐 기회가 주어졌군요. 보세요, 저들을. 귀가 있다면 들으세요, 저들의 목소리를. 의지가 있다면 보이세요. 나는 너희들의 경배를 받을 자격이 있노라고.

순간 코앞에 나비 그림자가 보인 것도 같았다. 내 입가는 미소로 일그러졌다. 나의 협박인지 애원인지가 통했는지 다음 순간 그토록 바라던 일이 벌어진 것이다.

"바, 바람이다."

"남풍이 몰려든다."

"이럴 수가. 아하하."

바람의 압력을 한껏 품에 안은 내 여신호는 아슬아슬 간발의 차이로 충돌을 피해 뒤로 빠졌다. 다음 순간 속력을 주체하지 못한 두 대의 갤리선 사이에는 아무것도 멈출 수 없는 텅 빈 허공만이 남았다.

콰콰쾅!

충각과 충각이 부딪혀 박살나는 아주 오그라들게 기분 짜릿한 굉음이 들려왔다. 세상에서 제일 듣기 좋은 소리였다. 여기저기서 다소 때 이른 승리의 함성이 터져 나왔다. 나는 몸을 일으켜 고개를 바다 쪽으로 돌리고는 엄지손가락을 들어보였다. 이제 녀석들의 신나는 불춤을 구경할 시간이다. 나는 역청을 바른 화살에 불꽃을 메기라는 손짓을 했다. 횃불은 노아가 들고 있었다.

그때였다.

"카, 카카르. 조금 문제가……."

고타가 말꼬리를 흐리며 내 옆구리를 잡아끌었다.

"왜? 그리 큰 문제 아니면 나중에 하자. 얼른 활이나 줘!"

"그러니까 그 활이 문젠데."

"……?"

"깜빡하고 안 챙겼나 봐."

"헉! 뭐시라?"

"어떡하지?"

"하나도?"

고타는 손바닥을 뒤집으며 어깨를 들썩였다.

"어떡하지?"

일단 나는 고타의 귓불부터 물었다.

"무……얼……어카긴 어떠어어어케에에에."

이 빌어먹을 뚱땡이, 어째 식료품만 잔뜩 챙겨온다 했다. 로그가 단도랑 활이 없으면 그게 로그냐 뚱땡이지. 카악! 내 어금니가 고타의 귓불을 뜯어낼 찰나 바르카의 헤드락이 들어왔다.

"그만해! 이런다고 없는 물건이 생기냐? 괜히 힘 빼지마!"

"놔! 그만하게 됐어? 어떻게 쏠래? 저 불화살을. 손으로 던질 거야? 앙?"

"던지라면 못 던질 것도 없지."

"하하! 옘병할. 화살이 무슨 참치 잡는 작살이냐. 하하하!"

"있어요."

"있긴 뭐가……."

불쑥 끼어든 사람은 메렐레인이었다. 굳게 다문 입술에 눈 아래가 파르르 떨리는 채로 내 앞에 선 메렐레인은 포대 자루 하나를 들고 서 있었다. 힐데리크 왕이 메렐레인에게 조심스레 건넸던 그 포대. 여행 내내 저 살기등등한 월영이 애인처럼 꼭 끼고 다녔던 그 포대. 도대체 저 안에 뭐가 들었길래 어쩌면 이 여행의 발단이 되었을지도 모를 어떤 비밀이 담겨 있을 그 포대였다.

"있어요. 여기……."

메렐레인의 음성은 자못 비장하게 들리기까지 했다. 그녀의 덜덜 떨리는 손을 따라 포대의 끈이 벗겨지고 그 안에서 예전에 하프일 거라고 생각했던 물건이 나왔다. 물론 하프는 아니었다. 그것은 전신이 검은색 유광의 뭉툭한 빛을 반사하며 표면을 따라 알 수 없는 문자가 새겨진 아름다운 복각궁이었다. 메렐레인은 그 복각궁을 내 손에 천천히 쥐어주었다.

"이……건……."

"이건 그냥 활이 아니에요."

메렐레인은 활에서 손을 떼며 한 발짝 뒤로 물러났다. 그녀의 공허한 눈동자 속에 어떤 알 수 없는 작은 불꽃이 하나 일었다.

"제왕 아틸라의 활. 바로 군신의 활[78]이에요."

정수리가 둔기에 맞은 듯 얼얼했다. 머리끝에서 목덜미를 타고 내려온 저린 느낌이 온몸 구석구석 퍼져 햇빛에 바싹 마른 오징어처럼 굳어버렸다.

신의 채찍이라 불리며 온 세상을 공포로 몰아넣고 저 대단한 로마 제국마저 무릎 꿇게 만들었던 그 훈족의 왕 아틸라 말인가. 행여 악마의 자식이라 손가락질 받을까 봐 내 몸속 혈관 속에서 그 피를 모조리 뽑아내 버리고 싶었던 저주 받은 혈족의 유일무이한 칸! 그 아틸라 말인가.

툭!

월영이 적절한 타이밍에 어깨를 쳐주지 않았다면 나는 소용돌이치는 생각의 벌어진 균열 속에다 정신 줄을 놓아버렸을지도 모른다. 월영은 아무 말 없이 고개를 끄덕여 보였다.

78) 아틸라 전설에 등장하는 군신의 검에 대응되는 활

"활은 쏠 줄 알죠?"

메렐레인의 음성에 다시금 정신이 번쩍 들었다. 이럴 때가 아니었다. 나는 군신의 활이라고 전해들은 검은 복각궁의 시위에 손가락을 옮겨갔다. 그리고 메렐레인을 향해 싱긋 웃어보였다.

"이래 봬도 동이족의 후예입니다."

그건 알아들으라고 한 말은 아니었다. 오직 한 사람 월영만이 알 수 없는 눈빛을 번뜩였을 뿐이었지만, 어쨌든 아버지가 살아생전 입버릇처럼 얘기했던, 훈족의 한 일파이자 활에 관한 한 땅 위에 존재하는 그 어떤 종족이라도 능히 뛰어넘을 만한 실력을 가졌다는 민족의 피가 내겐 흐르고 있었다.

갤리선 두 대가 이번에는 같은 방향에서 나란히 접근해 오고 있었다.

역청을 바른 화살에 불이 붙여지고 나는 아득한 창공의 어느 지점에 과녁을 겨누었다. 힘껏 군신의 활의 줄을 겨드랑이 아래까지 잡아당기자 주위의 공기를 타고 활이 우는 소리가 들렸다. 틀어쥔 손가락이 돌아가고 팽팽하게 말아 올려진 현의 떨림을 해방하는 순간, 시위를 떠난 화살이 시간을 정지시키며 창공으로 긴 궤적을 그렸다. 얼음같이 차갑고 아름다운 궤적이었다.

"저게…… 군신의 활!"

"마치 수면 위를 흐르는 것 같군."

동료들이 낮게 중얼거렸다.

화살이 너무 빠르면 목표물을 향해 날아갈 때 주변의 공기를 찢는다고들 한다. 그것이 사람의 눈에는 잔잔한 수면 위에 파문을 일으키는 것처럼 보인다.

시위를 떠난 불화살은 까마득한 하늘 위까지 솟구쳤다가 그대로 벼락이 되어 적 갤리선 위에 수직으로 내리꽂혔다. 불꽃이 사방으로 튀는 모습이 마치 유성우를 맞은 듯했다. 곧 두 번째, 세 번째 격발이 뒤를 이었다. 모두 적 갤리선 한 척의 좌측 노잡이들을 노린 것이었다.

"한 놈만 패는 거다."

내가 구령하자 여신호에 탄 전사들이 일제히 공격하기 시작했다. 불화살을 손으로 날리는 놈, 작은 나무토막에 불을 붙여 던지는 놈, 기타 등등의 퍼붓는 공격이 적선의 한쪽 방향으로만 집중됐다.

내가 뱃머리에서 쏜 네 번째 불화살이 적들의 머리 위로 공기를 가르며 뱃전 좌측 한가운데 꽂히자, 놈들은 일제히 노를 버리고 오른쪽으로 달아나기 시작했다.

끼이잉!

여전히 노질을 해대던 적선의 오른편에 갑자기 무게 중심이 쏠리자 배가 급격하게 회전하기 시작했다. 이미 통제력을 벗어난 갤리선이 나란히 달리던 다른 배의 측면을 충각으로 들이받았다.

콰직!

옆구리 터지는 소리가 듣기에 좋았더라.

겨드랑이에 구멍이 뚫린 배가 침몰하자 미처 주둥이를 빼내지 못한 다른 배도 덩달아 침몰하기 시작했다. 어디선가 본 듯한 아름다운 장면이었다. 어디서 봤더라? 이로써 적 갤리선 여섯 척 중 네 척이 우리 앞에서 사라졌다. 믿기지 않는 전개였다.

“이제 남은 두 척이다. 힘내자.”

나는 하늘을 향해 불끈 주먹을 쥐어 보였다.

“와! 와!”

그것은 마치 전장의 함성처럼 들렸다.

하, 이런 게 바로 전쟁하는 맛이구나. 크크크! 어쩌면 나는 명장'일지도 모르겠다. 나는 스키피오[79] 아프리카누스와 한니발[80] 바르카의 부담스런 시선을 느끼며 미소 짓는 모습을 상상했다. 흐뭇했다.

“어라! 한 척 밖에 안 보이는데?”

누군가가 소리쳤다.

그럴 리가 분명히 여섯 척이었다. 네 척을 보냈으니 남은 건 두 척이 맞다. 명장은 단순한 계산을 틀릴 수가 없다. 불화살이 일으킨 자욱한 연기가 시계를 흐려놔서 잠시 동안 앞이 흐릿했다. 우리는 바람이 불기를 잠시 기다렸다.

철썩! 철썩! 쏴아아.

뱃전에 파도가 밀려와 부딪히고 나가기를 몇 번 반복한 직후 휘이익 하고 불어온 바람이 연기를 걷어냈다. 남은 적선이 확실히 눈앞에 나타났다.

79) 로마 구국의 영웅으로 제2차 포에니전쟁 말기 북아프리카 자마에서 한니발의 카르타고 군을 격파하고 전쟁을 종결지었다

80) 고대 최고의 명장 중 한명. 역사상 최초로 알프스를 넘었다. 이후 로마군과의 전투에서 천재적인 전략으로 연전연승하며 로마를 멸망 직전까지 몰아붙였다.

"역시나 한 척이다."

웅성! 웅성!

그런……. 혹시……. 설마…….

불안감이 엄습했다. 그 불안감이 상황을 정리하고 결론을 내리고 결론에 따라 몸이 채 반응하기도 전에 쿵! 하는 굉음과 함께 충격파가 내장을 뒤 흔들었다. 나는 그대로 앞으로 고꾸라졌다.

"당했다. 뒤쪽이다!"

사라진 한 척은 정신없는 틈을 타 어느새 우리 옆을 크게 우회한 모양이었다. 승리감에 도취한 나머지 엉덩이를 적에게 내어준 셈이다. 멍청하긴…….

"하하하, 어떠냐. 똥꼬를 털린 느낌이. 하하하하!"

나는 굴욕적인 자세로 갑판 바닥에 코를 박은 채 적 대장의 조롱하는 소리를 들어야 했다.

스탄……. 그래 그 교활한 덩치를 잊고 있었네. 내 이 놈을 당장. 마음 같아서는 군신의 활로 놈의 혓바닥을 고정시켜 버리고 싶었지만 그럴 수 없었다. 스탄은 갤리선을 뒤로 한 번 물렸다가 재차 우리를 들이박았고 덕분에 우리는 파도에 춤추는 드럼통처럼 갑판 여기저기를 굴러 다녀야 했다.

끼이잉!

차마 듣고 싶지 않았던, 반파된 여신호의 후미가 내려앉는 소리였다. 나는 쏠린 쪽으로 두세 걸음 미끄러져 내렸고 동시에 내가 있던 자리에 부러진 돛대가 날아와 꽂혔다.

일단 여자들부터 수습해야 한다. 나는 두리번두리번 메렐레인과 엘리사를 찾기 시작했다. 그녀들은 역시나 월영이 갑판 한 쪽에서 단단히 붙잡아 매고 있었다. 나는 안도의 한숨을 내쉬었다.

"또 온다!"

나는 어느 정도 여신호의 최후를 직감했다. 뭐 할 만큼 했다. 배가 침몰하면 메렐레인과 엘리사는 어떻게든 스탄이 건져 올리겠지. 하지만 저 갤리선에 나나 동료들의 자리는 없다.

쳇! 뭐냐. 내 삶이 멈출 곳은 적어도 이런 덴 아니라고 생각했는데, 나는 그래도 남들과 다르다 생각했는데…….

나는 주위를 둘러보았다. 바르카가 보였고, 루카가 보였고, 고타와 노아도 보였다. 죽기 전 마지막으로 보고 갈 얼굴들이다. 소중하게 담아야지, 그렇게 생각했다. 그래도 제일 담고 싶었던 건 메렐레인이었는데 아쉽게도 그녀는 고개를 돌리고 있었다.

아쉬운 세월의 기억들이 주마등처럼 지나갔다. 죽음의 공포보다는 하고 싶은 걸 못 해보고 죽는다는 것이 너무나도 억울했다. 여행은 이제 막 시작되었을 뿐인데.

"부딪친다!"

"모두 아무거나 붙잡아! 충격에 대비해!"

"으아. 살려줘!"

쿠쿵! 콰지직!

세상이 끝나는 소리다.

뒤이어 몸이 붕 하고 공중으로 들려 올라갔다.

2장 3절
잿빛의 해신 I

"카카르, 넌 꿈이 뭐니?"

아라비아산 단봉낙타 등에 올라탄 바르카가 물어왔다.

그때 나는 사막 저편을 물끄러미 바라보고 있었다. 열기로 타들어 가는 사막엔 아무것도 없어 보인다. 하지만 자세히 들여다보면 그렇지도 않다. 눈을 감으면 바람이 살아 있음을 느낄 수 있다. 바람은 여기저기서 모래알들을 굴려댄다. 그 모래알들은 사각사각 소리를 내며 이쪽에서 저쪽으로 형체를 쌓아간다. 그것은 끊임없이 자라고 뿌리내리며 매일 밤 거대한 붉은 모래 언덕이 되어 태어나고 사그라지길 반복한다. 사막은 바람이 만드는 온통 살아있는 것들의 세상이다.

"형! 사막에 있는 게 뭔지 알아?"

"아무것도 없음이라는 놈이 있지."

나는 바르카가 타고 있는 낙타의 옆구리를 걷어찼다. 바르카는 팔을 공중으로 몇 번 휘저어 중심을 잡고는 헛웃음을 지었다.

"그래, 뭐가 있는데?"

그는 페르시아 고원을 동단해 내가 모르는 세상을 몇 번이나 보고 온 비단 상인이다. 물론 내 질문이 의도한 바를 모를 리 없다.

"감사하는 마음, 사람에 대한 의지, 모래 속 잡목에서 보게 되는 희망."

바르카는 잠시 생각하더니 다시 입을 열었다.

"우리들이 사는 세상엔 없는 것들이네."

"그래. 웃기는 일이지."

바르카가 뭔가 구시렁거렸지만 뒤를 돌아다보느라 들리지 않았다. 모래 저편으로부터 내가 만들어낸 발자국이 따라 오고 있었다. 사람들이 절망이라 부르는 그 모래 위에 흔적을 남겨 간다는 것. 그 흔적은 앞으로 이어져 길이 된다.

"형! 사람 목숨 값어치의 전부는 길이만일까?"

잠시 생각하더니만 이번에는 바르카가 내 낙타 옆구리를 걷어찼다.

"쉬운 말로 해, 새꺄!"

나는 팔을 공중으로 몇 번 휘저어 중심을 잡은 다음 헛웃음을 웃었다.

"하하. 꿈이 뭐냐고 물었나? 그게 뭐든 간에 오래 사는 건 아니다. 그럴 생각이었다면 형 따라 이런데 오지도 않았겠지"

꿈이 뭐가 됐든 간에 내 마지막은 배 위에서가 아닐까 하는 생각이 들었다. 바람을 받아 한껏 부푼 커다란 돛에 키는 내가 손수 잡고, 앞에는 아리따운 여인이 앉아 있지만 그녀는 연인은 아닐 것이다. 떠나는 자에게 그런 인연은 과분한 것일 테니까.

"흠, 그러냐. 그렇군! 그렇다면 내 꿈도 얘기해 주지. 내 꿈은 말이야."

목덜미를 휘감고 지나가는 바람을 따라 고개를 돌렸다. 멀리 땅거미가 내려앉고 있었다. 금빛 하늘과 맞물려 있는 잿빛 대지. 그것은 마치 자신의 꼬리를 문 우로보로스[81] 뱀처럼 길게 늘어져 있었다. 삶 이후 모습이란 저렇듯 잿빛일까 금빛일까. 나는 내가 누울 자리가 아버지가 묻힌 지중해 바다가 아니라 미지의 동쪽 땅 어디쯤이었으면 하는 생각을 해보았다. 내가 처음으로 길을 개척한 동쪽 어디쯤인가 누군가 지나치다 멈춰선 헤르메스의 재단에 경배라도 할 듯한 그런 곳에 말이다.

좌악!

찬물이 순간 얼굴을 덮쳤다.

"이 자식아! 오래 안 살아도 좋지만 여기가 네 무덤 맞냐?"

코로 들어간 물줄기가 입을 통해 나왔다. 짠맛이 났다. 오줌이라도 뿌린 것인가? 나는 미간에 주름을 파며 바르카를 째려보았다.

뭔가 이상했다.

"형! 왜 그래? 얼굴이……."

바르카의 얼굴이 커졌다 작아졌다, 나타났다 사라졌다 아주 환장할 현상을 보이고 있었다. 그는 험상궂은 표정으로 내 머리를 붙들

81) '꼬리를 삼키는 자' 라는 뜻의 그리스어. 자신의 꼬리를 물어 원형을 만드는 거대한 뱀의 모습. 시작이 곧 끝이며 끝이 곧 시작이라는 윤회사상 혹은 영원성을 상징한다.

고 뭔가 열심히 지껄였지만 도무지 들리지가 않았다. 왜 저러지?

바르카는 고개를 심하게 가로 젓고 있었다. 그의 손이 하늘 위로 올라갔다. 손바닥이 보였다. 손바닥이 얼굴을 덮쳤다. 나는 비명 대신 물줄기를 입으로 뿜어냈다. 순간 눈앞이 환해지고 귀가 뻥 뚫렸다.

철썩!

쏴아아아!

으아악!

하늘로 하얀 물보라가 튀겨 올라갔다. 주위에 사람들의 울부짖는 소리가 진동했다.

"정신이 드냐?"

바르카는 반쯤 기울어 앞으로 쏠리고 있는 나를 한손으로 붙잡은 채 거친 숨을 몰아쉬고 있었다. 나는 겨우 상황이 정리되었다. 오줌이라 생각했던 그것은 바닷물이었다. 여긴 사막이 아니라 바다 한복판. 솟구치는 물보라와 사람들이 내지르는 비명소리가 뒤섞인 아비규환에 빠진 침몰 직전의 여신호 위였다.

"뭐야. 아직 안 죽은 거야?"

"안 죽어서 미안하다."

"사람들은?"

"그럭저럭."

"왜 침몰 안 한 거지? 넵투누스가 붙잡고 있나?"

"넵투누스인진 모르겠지만 상황이 묘하게 돌아가네."

"……?"

"저걸 봐!"

나는 바르카의 손가락이 가리키는 쪽을 봤다. 배 무리 사이로 거대한 검은 것이 떠오르고 있었다. 그것의 머리가 물속으로 들어가자 커다란 꼬리가 다시 솟구쳐 올랐고 그때마다 배들이 곡예를 탔다. 적 갤리선 한 척은 이미 두 조각 난 채 파도 위에 몸을 뒤집고 있었다. 아마도 그 거대한 꼬리로 두들겨 박살낸 모양이었다.

"뭐, 뭐야 저건. 어디서 나타난 거야?"

"몰라. 가서 직접 물어봐."

스탄이 탄 갤리선도 보였다. 그의 갤리선은 필사적으로 괴물을 피해 요리조리 움직이며 화살을 쏘아댔지만 꿈쩍도 하지 않았다. 오히려 짐승의 화만 돋우는 것 같았다.

"온통 잿빛이군!"

바르카가 중얼거렸다.

"넵투누스는 아니네. 화려한 걸 좋아하니까."

"해신이 아니라면 우린 죽은 목숨인 거군."

바르카의 푸념 섞인 한숨에 웃음이 났다. 저런 게 있었다니. 하긴 이 바다에서 불귀의 객이 된 자들이 도대체 얼마인가. 그들의 목숨을 거두어 간 게 비단 암초나 풍랑뿐일까. 넵투누스 같은 신이 있다면 저런 마신의 존재도 이상할 건 없었다. 아무튼 우리의 운명에 큰 차이는 없어 보였다. 어차피 죽을 목숨 잠시 연장된 것. 반달인의 손에 죽느냐 괴물에게 죽느냐 그게 다를 뿐이었다.

"그래도 죽은 척하면 놔둘지도 몰라."

엉금엉금 옆을 기어 올라온 고타가 입에 해초를 문 채 중얼거렸다. 기척이나 좀 하지. 나는 놀란 가슴을 달래며 고타의 볼을 반갑게 잡아당겼다. 살아 있어 다행이었다.

뭐 그게 통할지 어떨지는 스탄의 갤리선이 침몰하는 순간 알게 될 것이다. 그렇게 생각한 찰나에 여신호가 그랬던 것처럼 스탄의 갤리선이 밑에서부터 올라온 괴물의 머리에 떠밀려 공중으로 솟구치는 모습이 눈에 들어왔다. 실로 엄청난 힘이 아닌가. 배는 이내 허공에서 추락하며 옆면부터 바다 위로 떨어졌다. 그와 동시에 그 거대한 꼬리가 갤리선의 동체를 후려갈겼다.

콰직!

물기둥이 높이 치솟았다. 더 볼 것도 없었다. 해머로 나무판자를 내리쳤을 때 나는 느낌 그대로 마지막 갤리선이 허리가 부러진 채 물속으로 가라앉고 있었다.

나는 반달 최고의 전사 중 한 명이 그렇게 어이없이 수장되는 모습을 바라보며 마음속으로 애도를 올렸다. 그가 제거된 것이 지금으로선 다행인지 불행인지 알 수 없었다. 그건 전적으로 저 암회색 괴물에게 달렸다.

고타는 몸을 뒤집고는 죽은 체하며 숨을 멈추었다.

그런 의미가 아닐 텐데……. 안쓰러웠다. 하지만, 세상 이치가 항상 내 생각대로만 움직이는 건 아니다. 가끔은 이 생각 없어 보이는 친구의 단순한 판단이 옳을 때도 있었다.

확실하진 않지만 괴물은 파괴되었거나 반쯤 물에 잠긴 배들은 공격하지 않는 것처럼도 보였다. 호……. 실낱같은 희망이 보이는 듯했다. 하지만 그것은 곧 절망으로 변해 갔다.

"끝났네. 저 여자 뭐하는 거야, 대체."

바르카가 신음소리를 내며 머리를 감싸 안았다. 고타도 손을 죽 내밀며 눈물 줄기를 뽑았다. 그들이 향하는 방향으로 시선을 돌렸다.

나는 순간 눈이 의심스러웠다. 그리고 경악했다. 반쯤 기운 갑판에 기댄 채 누군가 활을 겨누고 있었다. 나는 아차하며 주위를 둘러봤다. 역시나 없었다. 군신의 활은 저기에 있었다. 활은 뱃전의 균열 속에 끼워진 채 부들거리는 두 손이 힘겹게 시위를 잡아당기고 있었다. 엘리사였다.

"너만 아니었어도, 너만 아니었어도."

그녀가 울부짖는 소리가 들렸다. 누군가 그녀를 제지하려 필사적으로 다가갔지만 한발 늦었다. 울음소리와 함께 화살이 날아갔다. 물론 목표물을 명중시키진 못했다. 화살은 바다에 떨어졌고 그 대가는 컸다. 곧 놈은 화살이 날아온 쪽으로 방향을 틀었다. 거대한 잿빛 파도가 우릴 향해 돌진해 오고 있었다.

엘리사가 왜 그랬는지는 훗날 밝혀지게 된다. 그리고 노아가 아니었다면 내 모험은 아마도 거기서 끝났을 것이다. 모험이 끝나면 이야기도 계속될 수 없으니까. 어쨌든, 그 순간 여신호를 구해낸 건 노아였고 우리는 여전히 살아 있었다.

노아는 분명 내 친구다. 하지만 나는 그에 대해 얼마나 알고 있을까. 어수룩한 말투와 표정이 시골 소년 같다는 점? 해맑은 미소로 뭇 소녀의 가슴을 두근거리게 한다는 점? 자신보다 남이 상처 입는 게 두려워 끙끙대는 그의 영혼이 냇물처럼 투명하다는 점? 아니, 그런 건 이 친구를 이루는 숲의 극히 일부분에 지나지 않는다.

루카나 고타와는 달리 노아는 우리와 어린 시절을 공유하지 못했다. 그래서 나는 그가 동지중해의 어느 섬 출신이며, 짐작이긴 하지만 아주 아픈 과거가 있다는 것 외엔 별로 아는 게 없다.

"보고도 못 믿겠군. 놈이 멈춰 섰어. 오늘 하루는 정말 이상하네. 알 수 없는 일투성이야. 나 원 참."

바르카가 질린 표정으로 탄식했다.

그는 배 위로 갈대처럼 늘어진 돛포를 한손으로 잡은 채 몸을 부르르 떨었다. 다른 쪽 손은 여전히 내 목덜미를 붙잡고 있었다.

그래, 노아에 대해 하나 빠뜨린 게 있지. 괴물이 왜 멈추어 섰는지는 확실하진 않지만 노아를 응시하는 놈의 눈도 그와 같은 붉은 색이었다. 노아는 우리와 조금 다르다. 정확히 말하면 조금 다른 존재다. 다르다는 이유만으로 이질적 존재인 이방인 또는 야만인을 뜻하는 그리스어 '바르바로이'로 불려야 한다면 그는 분명 바르바로이일 것이다. 하지만 단지 그뿐이다.

만월의 밤이면 어디론가 사라지는 것도, 아주 가끔씩 보이는 통제할 수 없는 분노도, 그가 뭘 기억하고, 뭘 생각하고, 왜 우리 곁에 머무는지 나는 알지 못한다. 하지만 정말 그뿐이다. 호리호리한 몸매에 홍옥처럼 붉은 눈동자를 가진 그의 몸속에 라이칸(늑대)의 피가 흐른다는 건, 카르타고 선술집 하얀 한숨의 '린'이 숲의 백성 드라이어드인 것처럼, 우리에겐 아무런 문제가 안 되니까.

그날, 이 붉은 눈의 친구는 우릴 구하기 위해 뱃머리에 서서 양팔을 벌린 채 잿빛 해신을 노려보고 있었던 것이다.

괴물은 더 이상 다가오지는 않았다. 제자리를 이리저리 맴돌며 마치 노아와 눈싸움이라도 하듯 검푸른 수면 위에 머리만 내밀고 있었다.

바다는 한동안 폭풍의 중심처럼 고요했다. 하지만 둘의 보이지 않는 싸움은 서로의 꼬리를 문 두 마리의 뱀이 되어 격렬하게 우리 주위를 휘감고 있었다.

그렇게 한참이 흘렀다.

지루하게 계속되던 둘의 기 싸움은 괴물이 한발 물러나며 균형이 깨졌다. 그러나 결코 그건 노아가 이겨서가 아니었다. 괴물이 물러난 건 거대한 물보라와 격발음 때문이었다. 눈앞에 하얀 물기둥이 솟았고 소리는 나중에 들렸다. 그것은 상당히 먼 거리에서 발사체가 날아왔다는 뜻이다. 우리는 발사체가 날아온 방향으로 고개를 돌렸다.

먼 거리 탓인지 처음에 그것은 수면에 뜬 부유체처럼 형체를 판단하기 어려웠지만 그 모습을 완전히 드러내기까지 별로 시간이 걸리진 않았다. 시간이 걸리지 않았다는 말은 그것이 다가오는 속도가 엄청났다는 뜻도 된다. 아무튼 그것은 삽시간에 우리 앞에 나타났다. 온몸이 순백으로 빛나는 범선이었다.

뱃사람들은 돛을 날개라 부른다. 그리고 돛으로만 항해하는 배를 범선이라 정의한다. 돛이 날개고 노 없이 가는 게 범선이라면 내 섹시한 여신호도 우기면 범선이라 부를 수도 있겠다. 그러나 지중해 바다는 돛만으로 항해할 필요도 없고 효율적이지도 않다. 해안선을 따라 노를 젓기만 하면 어디라도 갈 수 있으니까 말이다. 그런 의미에서 진정한 범선이란 적어도 대양을 항해하는 것에 한하지 않을까. 그리고 내가 알고 있는 한 대양은 단 하나, 헤라클레스의 기둥 너머 대서해다. 이상은 이론으로만 존재하는 범선에 대한 개념 정리였다.

아쉽게도 나는 지중해 바다에서 범선을 본 적도, 건조하는 나라가 있다는 소리도 들어본 바 없다. 그것은 실체도 증거도 없이 소문으로만 무성한 '드래곤'이나 '마법사'의 전설처럼 내겐 농담 같은 것이었다. 적어도 그 순백의 항행체를 보기 전까지는 말이다.

날개가 달랑 두 개인 내 여신호가 엘리사라면 순백의 범선은 메렐레인이었다. 나는 잠시 뒤를 돌아다봤다. 다행히 엘리사는 없었다.

범선에 달린 날개는 삼각 돛, 사각 돛, 주 돛, 보조 돛, 큰 돛, 작은 돛……. 일일이 헤아리기 어려울 정도였다. 하지만 내가 턱을 다물지 못한 진짜 이유는 그 많은 것들이 어우러져 이루어내는 '조화'에 있었다. 하얀 돛포는 바람에 부풀어 아프로디테[82]의 젖가슴처럼 풍만했으며, 그 사이를 지나는 돛줄과 돛줄이 아라크네[83]의 실처럼 섬세하게 엉켜 조밀한 그물망을 이루고, 돛대들은 질서정연하게 솟은 헬리콘산[84]의 물푸레나무처럼 높고 곧았다. 마치 아름다운 숲이 떠다니는 것 같았다.

"눈 풀어!"

바르카가 걱정스러운 표정으로 볼을 잡아 당겨주지 않았다면 나는 첫눈에 반한 그녀를 좇아 바다에 다이빙을 했을지도 모른다. 그만큼 배라면 사족을 못 쓰는 놈이 나였다. 아무튼 괴물은 유유히 수면 아래로 사라지고 우리 옆을 지난 범선은 그것을 쫓기 시작했다.

"웬 놈이지?"

바르카가 중얼거렸다. 아마 범선에 탄 자를 말한 모양이다.

옆을 스쳐 지나가긴 했어도 바람 같은 속력 때문에 기억에 남은 잔상은 아주 짧았다. 회색에다 이 시대에 어울리지 않는 듯한 올백머리를 한 30대 후반이나 40대 초반처럼 보이는 사나이의 옆모습 정도? 선장처럼 보이는 사내의 시선은 괴물이 달아난 방향을 주시할 뿐 조난자들에겐 눈길조차 주지 않았다. 범선이 저편으로 사라져 갔다.

---

82) 비너스
83) 그리스신화. 리디아 염색공 이드몬의 딸로 여신 아테나의 노여움을 사 거미가 되었다.
84) 제우스의 아홉 딸들인 학예와 음악을 관장하는 뮤즈 여신이 살던 곳. 뮤즈 혹은 무사에서 음악(music)이라는 단어가 나왔다.

유령선이 된 여신호에 덕지덕지 붙어 있는 우리들 머리 위로 한낮의 햇살이 부서지고 있었다. 많은 사람이 죽었다. 울반 할배도 보이지 않았다. 생사의 소용돌이로부터 생환한 여신호의 생존자들 사이로 흐르는 무거운 침묵. 산 자와 죽은 자 사이의 경계는 희미했다. 그 우울한 경계 속에 사람들은 패잔병처럼 앉아 미동도 안 했다. 그렇게 거짓말 같은 시간이 흐르고 있었다.

그때 누군가 소리쳤다.

"육지다!"

그것은 희망을 알리는 소리였다.

탈무드[85]의 한 구절이 생각났다. 아들이 사막을 지나며 생이 다한 자의 묘지 앞에서 절망을 얘기할 때, 아비는 그 묘지를 세운 자가 저만치에 있다고 희망을 얘기한다. 산 자는 살아야 한다. 그것은 의무다. 산 자가 짊어지고 가야 할.

애써 희망을 말하는 우리들 머리 위 파란 창공으로 갈매기들이 날아올랐다.

85) 유대교 사상이 집대성된 율법서

2장 4절
잿빛의 해신 II

만신창이가 된 여신호는 그럭저럭 사브라타 항까지는 올 수 있었다. 운이 좋았다.

동료들이 돛을 거둬들이기 위해 돛대에 올라갔다.

"어~ 이~"

사브라타 항에서 예인선으로 쓸 끌배 두 척이 마중 나왔다. 여신호는 자기 힘으로 항구 내 선착장에 들어갈 능력이 없었다. 선착장이라고 할 만한 시설이 사브라타에 딱히 있는 것도 아니었지만.

"상태가 말이 아니네. 뭐에 부딪히면 이렇게 되오? 암초는 아닌 거 같고."

끌배에 탄 항구 관리인으로 보이는 중년 남자가 예인용 밧줄을 던지며 물어왔다. 호기심 섞인 목소리가 빈정대는 것 같아 마음에 들지 않았다.

"괴물에게 당했소. 시커멓다오. 암초……. 그래, 비슷하게 생겼소. 암초에 집채만 한 꼬리가 달려 미친 발광을 한다 생각하면 비슷할 거요. 뭐 아는 거 있소?"

"허허. 그냥 암초가 맞는 거 같소이다. 그런 물고기라니…… 근자에 들어본 바 없는 거 같소만."

"됐소. 끌기나 하쇼."

나는 피로에 지쳐 있었다. 더 말하기 싫었다. 뱃머리에 서서 긴 장대로 바닥의 깊이를 재어 보았다. 내가 고개를 끄덕이자 뱃머리에 걸린 끌배의 줄이 천천히 여신호를 잡아당겼다. 예인선은 여신호를 조심스럽게 선착장으로 데려 갔다. 배를 지탱할 밧줄이 부두의 커다란 돌에 매어지자 배에서 발판이 내려갔다.

엘리사가 제일 먼저 땅을 밟았고, 메렐레인이 뒤를 이었다. 쨍한 햇살의 동심원이 눈에 부셨는지 메렐레인이 손등으로 이마를 짚었다. 나와 동료들은 언제나처럼 엎드려 땅을 짚고는 정열의 키스를 퍼부었다. 생환에 대한 안도와 감사의 입맞춤이었다. 그렇게 우리의 사브라타 상륙이 이루어졌다.

카르타고 동남쪽 사헬지대[86]에 자리한 사브라타. 옛 로마시절부터 이 아름다운 항구도시는 더 동쪽의 오에아, 렙티스마그나와 더불어 세 개의 도시란 뜻의 '트리폴리타니아'로 불리며 번영을 누려왔다. 429년 반달족이 카르타헤나 해협을 건넌 후 아프리카 주변 도시들처럼 트리폴리타니아도 침략의 손길을 벗어날 수 없었다. 이후 사브라타도 쇠퇴의 길을 걷게 된다. 하지만 아직도 수많은 카라반들이 이곳을 통과해 서쪽의 카르타고로 혹은 동쪽의 렙티스마그

86) 초원지대. 아랍어로 '가장 자리' 라는 뜻

나로 길을 떠난다.

배의 수리가 진행되는 동안 우리는 가까운 곳에서 여장을 풀기로 했다. 여신호의 다른 승객들은 가까운 여관으로 몰려갔다. 하지만 우리는 사람들의 눈을 피하고 싶었고 따라서 한적한 곳이 필요했다. 알맞은 선술집을 찾는 건 어렵지 않았다. 바르카가 잘 아는 곳이 있었다.

가는 길에 동상이 하나 보였다. 재앙을 물리쳐 준다는 이집트 신 '베스'의 입상이었다. 마치 우릴 기다리고 있었다는 듯 물동이를 머리에 인 채 양팔을 벌린 모습이 꽤나 익살스러워 보였다.

목로주점 '세베루스', 바르카가 데리고 간 선술집 이름이다. 항구 구석 약간 외진 곳에 있어 사람이 북적이지 않아 좋았다.

그건 그렇고 세베루스? 코모두스[87] 황제가 암살되자 이곳 트리폴리타니아 출신으로 로마 제국의 스무 번째 황제가 된 그 셉티미우스 세베루스 말인가? 나는 황제의 이름과는 어울리지 않는 무척이나 허름하고 어두운 선술집의 모습에 놀라지 않을 수 없었다.

"이 근방은 어딜 가나 마찬가지예요. 그나마 여기가 낫지."

글로디아라는 이름을 가진 드세 보이는 여주인장이 묻지도 않은 질문에 대답을 했다.

철새들처럼 잠시 머무는 상인들을 대상으로 한 숙박시설은 어느 곳이나 허름하긴 매한가지다.

"어울리는 이름이네."

87) 루시우스 아우렐리우스 코모두스. 영화 글라디에이터에도 등장.

뜬금없이 엘리사가 나와는 반대되는 의견을 내 놓았다. 나는 고개를 살짝 돌려 조용히 엘리사를 비웃어 주었다.

"정말 그러네. 가게 이름 잘 지었다."

의외로 메렐레인이 엘리사의 의견에 동조했다.

내 어리둥절한 반응을 눈치 챈 것인지 메렐레인이 상냥하게 미소 지으며 부연 설명을 덧붙였다.

"세베루스 황제는 흑인이었으니까. 아들이 음울한 폭군 칼리쿨라[88]인 것도 그렇고."

아, 듣고 보니 그러네.

엘리사의 웃음소리가 어째 비웃는 것 같았다.

그건 그렇고 메렐레인은 그렇다고 쳐도 이 지혜로운 카카르조차 몰랐던 사실을 어찌 노랑머리가 자연스럽게 알고 있는 것일까. 그녀도 귀족일까. 평민의 얼굴을 하고선.

바르카가 글로디아에게 귓속말을 한 후 볼에 입을 맞추자 얼굴을 살짝 붉힌 그녀가 주방으로 들어갔다. 모두 황당한 시선을 그에게 보냈다. 바르카는 다 알아서 하겠다는 듯 가지런한 이빨을 드러내 보였다.

"바람둥이네. 너도 그래?"

눈을 내리 깐 엘리사가 경멸적인 어조로 물었다.

"난 한 우물만 파."

재주도 참 좋아. 도대체 어떡하면 가는 곳마다 애인이 생길까. 저

88) 네로 황제와 더불어 폭군의 대명사. 군대엔 넘칠 정도로 잘해줬다. 김 모 씨처럼.

건 내가 노력한다고 되는 것도 아니다. 한편으론 부럽기도 하고 한편으론 짜증나기도 했다.

잠시 후 김이 모락모락 나는 저녁 식사가 나왔다. 빵과 염소고기에 갖은 야채를 넣어 단지 째 구운 것이라든가 나무접시에 통으로 구운 양고기라든가 테이블에 빙 둘러 앉아 맛있게 생긴 요리를 노려보는 우리는 성난 짐승의 얼굴을 하고 있었다.

오라, 아까 그 키스의 의미가 이거였구나!

곧이어 음식을 앞에 두고 메렐레인의 기도가 시작되었고 우리는 다 같이 눈을 감았다.

"여호와는 나의 목자시니 내가 부족함이 없으리로다."

뜨끔한 생각이 들어 도중에 눈을 떴다. 역시나 루카와 고타가 휘두른 포크를 월영의 포크가 막고 있었다. 나는 한숨을 쉬고는 힐끔 메렐레인을 쳐다봤다. 역시나 감은 눈에 가지런한 얼굴선이 우아해 보였다. 그녀는 왠지 굶어도 배가 안 고플 것 같았다.

기도가 끝나자 맛있는 시간이 시작되었다.

여주인은 향긋한 포도주가 담긴 그리스식 암포라(항아리)도 여러 병 내왔다.

"역시 남자는 잘생기고 봐야 해. 여로 모로 편리하니까. 그죠?"

아까의 경멸감은 어디 갔는지 취기로 빨갛게 달아오른 엘리사가 바르카 옆에서 온갖 아양을 떨어댔다.

"그대의 미모도 만만치 않다오. 하하하."

"아잉, 호호호."

좋겠다. 잘난 녀석들은…….

나는 양고기 한 조각을 들어 뼈째로 바득바득 씹어댔다.

"한잔……하실래요?"

시끌벅적한 소음 속에 메렐레인의 목소리가 들렸다. 조심스럽게 두 손으로 쥔 암포라가 내 앞에 와 있었다.

"예?"

취기 때문인가? 나는 잠시 멍한 얼굴로 메렐레인을 바라보았다. 내 시선이 다소 노골적이었는지 그녀는 어색한 미소를 지어 보였다.

"아, 예!"

나는 뒤통수를 긁적이며 얼른 잔을 들어올렸다.

그녀는 헝클어진 머리를 한번 쓸어 올리더니 조심스럽게 암포라에 담긴 포도주를 잔에 따르기 시작했다. 붉은 액체가 잔에 조금씩 채워졌다.

야릇한 기분이 들었다. 역시 취기 때문일까. 눈앞이 흐릿해졌다. 이 시끌벅적한 소음을 걷어내면 그녀의 목소리만 남겠지. 이 허름하고 침침한 풍경의 문을 열면 푸른 초원이 펼쳐지고. 나는 거두어들인 누런 곡식을 어깨에 메고 문 앞에 서 있다. 그녀는 하던 일을 멈추고 나를 돌아다본다. 나는 달려온 그녀를 들어 올리고 한 바퀴 빙그르 돈다. 그녀의 뒤를 따라 아이들 두셋이 몰려온다. 모두 나와 그녀를 닮아있다. 웃음소리가 끊이지 않는다.

그런데…… 왜 이렇게 슬픈 풍경일까. 그것은…… 너무 멀게만 느껴졌다. 오늘 같은 일을 겪다 보니 더더욱 말이다. 나는 알고 있다.

그건 동화 속에나 존재하는, 깨고 나면 기억조차 가물가물한, 꿈의 조각에 지나지 않는다는 걸.

"괜찮으세요?"

"예?"

메렐레인의 목소리가 나를 일깨웠다. 그녀는 내 빈 잔을 다시 채우고 있었다.

"울고 계셔서."

"아, 예."

이상한 일이었다. 눈물샘에 구멍이 뚫린 것인가. 멈출 수가 없었다. 부끄러운 생각이 들었다. 나는 잔을 위로 들어 올려 머리에다 부어버렸다.

"하하. 울기는요. 잘못 보신 거겠죠. 졸음이 쏟아져서 이거 원. 아, 시원하다. 이제야 정신이 좀 드네."

메렐레인은 물끄러미 나를 쳐다보았다.

"정말이라니까요."

그녀는 아무 말 없이 목에 건 하얀 천을 풀더니만 내 쪽으로 가져왔다.

"저기…… 괜찮……."

"가만히 있어요."

그녀는 천천히 내 얼굴이며 목덜미를 닦아내기 시작했다.

나는 시선을 돌렸다. 후끈거렸다. 다른 녀석들이 보진 않을까. 메렐레인은 의식하지 않는 듯 하던 일을 계속했다. 다행히 모두들 술이 거나하게 들어 서로 때리고 껴안고 하는 터라 우리에게 관심을 보이지 않았다.

아른거리는 불빛 속, 잠시 시간의 흐름이 느려진 것 같았다.

"긴장이 풀려서 그래요. 정말 아무것도 아니에요."

메렐레인은 여전히 말이 없었고 이따금씩 미소만 지었다. 물기를 모두 닦아낸 그녀는 다시 암포라를 조심스럽게 들어 올렸다.

"성에서 그랬었죠."

침묵을 깨고 메렐레인이 입을 열었다.

빈 잔이 포도주로 다시 채워지기 시작했다.

"고뇌하는 사신은 없다고."

잔이 다 채워지자 메렐레인은 암포라를 탁자에 내려놓았다.

카르타고 성에서 있었던 일들이 떠올랐다.

"고뇌에는 눈물이 따른다 생각합니다."

나는 붉은 액체에 비친 내 얼굴을 물끄러미 내려다보았다. 그녀가 채워준 술잔을 입술로 가져간 뒤 천천히 들이켰다. 잔이 비자 메렐레인은 암포라를 드는 대신 고개를 끄덕였다. 달라는 뜻이었다. 나는 그녀에게 잔을 건넨 뒤 포도주를 채우기 시작했다. 잔이 다 채워지자 그녀가 다시 입을 열었다.

"내가 당신을 선택한 건 당신이 강하기 때문이 아니에요."

그녀는 술잔을 입으로 가져가더니 눈을 감았다. 잔이 비워졌다. 눈을 뜬 메렐레인이 나를 돌아다 봤다.

"그러니 조금 약한 척해도 제 믿음이 변하는 일은 없을 겁니다."

그녀의 미소가 한층 가벼워 보였다.

"야야, 카카르. 내 것도 한 잔 받아."

나는 뭔가 그녀에게 할 말이 있었고 그런 분위기였지만 엘리사가 그 기회를 거둬가 버렸다.

촤악!

엘리사가 머리에 부은 포도주가 이마를 타고 흘러내렸다.

이런…….

깔깔거리며 엘리사가 저만치 달아나자 모두가 그녀를 쫓기 시작했다.

그때 나는 이미 어느 정도 예감했다. 이 여행…… 생각보다 아주 길고 오랫동안 계속될 거란 걸.

웃음소리에 잠이 깼다. 사방이 어두운 걸 보니 아직 한밤중이었다. 술이 취한 나는 비좁고 어두침침한 복도를 따라 객실로 들어온 다음 그대로 고꾸라진 모양이었다. 머리가 띵했다. 소곤소곤 주고받는 얘기소리, 가끔 터져 나오는 키득거림. 분명 메렐레인과 엘리사의 목소리였다.

음……. 나는 눈을 감은 채 잠시 생각에 빠졌다. 어째 내 험담하는 걸로 들렸다. 역시 남자가 눈물을 보인 건 부끄러운 일이었다. 자리에서 일어나 앉았다. 확인하지 않으면 영 잠이 올 것 같지가 않았다.

삐걱!

인기척을 최대한 죽인 채 나는 방문을 열고 나와 소리가 들리는 쪽으로 향했다. 복도는 아까보다 더 어두워져 있어 앞을 분간하기가 어려웠다. 호롱불이라도 좀 걸어두지. 나는 일일이 벽을 더듬어 가야 했다. ㄱ자로 꺾인 통로를 돌아가자 빛이 새어나왔다. 목소리도 그쪽에서 들려옴이 분명했다. 다가감에 따라 목소리 또한 커져 갔다.

까르르, 키득키득.

방으로 들어가자 때 아닌 열기와 함께 물소리가 들려왔다. 그곳은 공중 욕장이었다. 나는 비밀의 공간에서 잠시 주저했다. 훔쳐볼 의도 따위 전혀 없다. 이건 단연코 명예롭지도 남자답지도 못한 일이이니까. 나는 그냥 나가버릴까 했다. 하지만 잘하면 의문의 실타래를 풀 수 있을지도 모를 절호의 기회이기도 했다. 그럼 조금만……. 나는 잠시 장님이 되기로 하고 귀만 열어 놓았다.

"미안해요. 이런 건 하인이 하는 일인데."

엘리사의 목소리였다.

"괜찮대도. 등 미는 거 좋아해, 난."

메렐레인의 목소리였다. 응. 그녀는 등 미는 걸 좋아하는구나. 나는 마음속 파피루스 종이에다 메모를 하기 시작했다.

슥삭슥삭, 좌악!

"석회석이나 백토는 피부에 별로라던데."

"후후, 엘리사 피부는 거칠어지려면 백 년은 걸릴걸."

"호호, 아말라, 아니 메렐레인 님도 참."

슥삭슥삭, 좌악!

"아 생각났다. 하인으로 적당한 녀석."

"누구?"

"누구긴요. 카카르지."

빠직! 저 노랑머리 녀석을 그냥…….

"적어도 메렐레인 님이라면 그 정도 녀석은 돼야지 않을까요? 머리 좋지, 충직하지, 그만하면 괜찮게 생겼지."

흠, 녀석. 적어도 진실하긴 하군.

"하지만 조심하세요. 그 녀석. 메렐레인 님을 보는 시선이 심상치 않아요. 글쎄 배에선 말이죠. 머리털 어쨌냐고 묻더니 제 가슴을…… (이러쿵저러쿵)."

으윽! 저, 저 여자가…….

나는 순간 급 당황했다. 내가 누구 때문에 그 고생을 했는데. 그녀가 오해하면 어쩌지?

삐거덕!

야단났다. 순간 나는 바닥에 있는 걸 덜컥 밟아버렸다. 발밑에 있는 걸 얼른 주워들었다. 양피지 뭉치 같았다. 대화가 멈추고 일순간 주위가 조용해졌다.

"거기 누구세요?"

"……!"

"소리 지를 거예요."

식은땀이 흘렀다. 나는 외투 안에서 주머니를 꺼내들고는 이렇게 말했다.

"야, 야옹!"

그와 동시에 주머니를 저쪽으로 던졌다.

"고양인가 보네."

"소리가 좀 이상하지 않았어?"

"뭐, 소심한 고양이도 있겠죠."

"그런가?"

다시 물소리가 들렸다. 온몸이 식은땀으로 뒤덮였다. 명예를 지킨다는 건 이렇듯 정말 어려운 일이다.

"메렐레인 님……."

"응……."

"졸음이 와요"

"이대로 눈 좀 붙이렴."

"메렐레인 님……."

"응……."

"그에 대해 어떻게 생각하세요?"

꿀꺽! 마른 침이 넘어갔다. 어떻게 생각하냐니 무슨 뜻이야? 나는 이 대목에서 귀를 그냥 틀어막아 버릴까 어쩔까 망설였다. 메렐레인은 다행히 아무 말도 하지 않았다.

"그를 가까이 해선 안 돼요."

엘리사의 목소리가 졸음에 겨워 보였다.

침묵을 지키던 메렐레인은 속삭이듯 중얼거렸다.

"성에 있을 때…… 나는 자포자기한 상태였지. 삶은 무겁고, 칙칙하고, 숨 쉬는 것조차 고통스러웠지. 놓아버리고 싶었어."

"……."

"그때 알았어. 신이 나를 절벽으로 떠다 민 이유를."

"……."

"신은 내게 물었지. 왜 망설이고 있느냐고, 왜 절벽에서 뛰어내리지 않느냐고, 왜 네 등에 돋아난 날개가 보이지 않느냐고."

내 속에서 뭔가 울컥하고 올라오는 걸 느꼈다.

"카카르 씨는…… 그때 신이 내게 달아준 날개. 그는 까마득한 허공으로 날 데려갔지. 믿지 않으면 날아오를 수가 없어. 엘리사."

"……."

"잘 자. 내 본분은 잊지 않을 거야. 충고해줘서 고마워."

그날 밤 나는 아무런 소득 없이 침실로 되돌아 왔다. 풀린 의문의 실타래 따윈 아무것도 없었다. 하지만 상관없었다. 본의 아니게 가지고 나온 양피지 뭉치를 손에 쥔 채 나는 그날 뜬 눈으로 밤을 지새웠다. 양피지에 적힌 저자로 보이는 이름은 '카시오도로스'였다. 빼곡히 적힌 것은 라틴어였고, 어떤 전쟁에 관한 내용이었다.

2장 5절

여명속으로

양피지 개봉!

XXXXXX XX 님! 서사시의 도입부로 보이는 건 다음과 같습니다.

'루테티아 북동쪽 카탈라우눔 대평원
시대의 운명을 걸고 길게 포진한 두 영웅이 있었네.
각자의 염원, 각자의 믿음과 운명의 신에 맹세한 내일을 위해
그해 6월 양 진영의 진격이 시작되었다네. '

다음은 본문의 일부입니다만 이해를 돕기 위해 라틴어로 재구성했습니다.

핑! 핑!
쏴아아아!
어슬한 황혼이 드리운 하늘 위로 일제히 궤적을 그리며 새카맣게

화살들이 솟구쳐 올랐다. 잠시 주위가 어두워졌다. 그것을 응시하는 병사들의 눈은 점점 커지고, 벌어진 입속은 마르기 시작했다.

공포는 곧 절망으로 변할 것이다. 머리 위 먹구름처럼 뜬 화살들이 임계점을 지나 하강하는 순간, 그것은 죽음의 비가 될 테니까.

수많은 화살이 한꺼번에 몰아치면, 처음엔 멀리서 낮은 휘파람소리가 들리는 듯하다가 이윽고, 대기가 찢어지는 소리가 온 사방을 덮친다.

푸슈슈슉!

무자비한 사신의 낫질에 베인것처럼 사방으로 검붉은 핏방울이 튀었다. 단말마, 울부짖음 혹은 신음소리와 함께 사지가 꿰뚫린 병사들의 육신은 맥없이 무너져 내리고 대지는 흐르는 붉은 핏줄기를 꿀꺽꿀꺽 마셔댔다. 지옥의 목구멍처럼. 그 지옥 속에서…… 한 남자가 장검을 땅에 박고 서서히 몸을 일으켜 세웠다.

주르르륵!

찢어진 눈언저리에서 흘러나온 붉은 선혈이 볼을 타고 내려와 왼쪽 가슴 부위에 떨어졌다. 극심한 통증이 엄습해왔다. 남자는 핏물이 고인 그곳으로 손을 가져갔다. 가죽 갑옷에 덧댄 까마귀 문양의 휘장 속으로 예상했던 것이 단단히 박혀 있었다.

'살짝 비켜 맞은 모양이군.'

남자는 꿰뚫린 까마귀 휘장을 어루만졌다. 남자의 이름은 흑발의 훈 제국군 기병대장 군차크 바투인. 그가 뒤를 돌아다 봤다. 죽음을 맞은 형제들이 애마와 함께 땅에 뒹굴고 있었다. 살아남은 이

들도 몸에 박힌 화살대를 꺾어낸 채, 핏덩이를 연거푸 입으로 토해 내었다.

그때였다.

두두두두두!

굉음과 함께 지면이 울리기 시작했다. 허연 모래 먼지를 날리며 지평선에 가득 걸린 검은 실루엣. 그것은 로마와 서고트족 연합군의 중무장 기병대였다. 기병대는 파도가 되어 밀물처럼 돌진해 오고 있었다. 군차크는 머리를 좌우로 세차게 흔들더니 힘껏 목소리를 터뜨렸다.

"싸울 수 있는 자들은 따르라. 아직 녀석들에게 한방 먹이지 못했다."

핏물이 들어가 눈은 제대로 뜰 수 없었지만 노기에 찬 목소리엔 기백이 가득했다. 한 사나이의 부름에 황천길을 앞둔 형제들이 안간힘을 쓰며 여기저기서 육신을 일으켜 세웠다. 어디선가 귀에 익은 노랫소리가 들려오는 것 같았다.

단 한 사람의 이름 아래 지금껏 싸워왔네.

마지막 그 사람의 이름 아래서 죽어가도 후회는 없네.

헛되고 헛되도다. 인생만사 모든 것이 헛되도다.

하지만 헛되지 않은 게 있으니……. 형제들이여,

그의 이름은 우리들의 왕 아틸라.

저승길을 함께하는 이유라네.

군차크의 눈시울이 뜨거워졌다. 그는 피 묻은 한쪽 팔의 긴 소매로 쓸어내듯 눈가를 훔치고는 다른 손에 쥔 대검을 힘껏 허공으로 치켜올렸다. 다음 순간 참았던 숨을 단박에 토해내었다.

"왕을 지켜라!"

그가 제일 먼저 기병대를 향해 뛰쳐나갔다. 뒤따르던 병사들도 이에 질세라 기세를 올렸다.

"칸과 함께!"

"훈 제국은 영원하다!"

XXXXXX 님! 이상이 서사시 본문 내용의 일부예요. 나머진 아직…….

아무튼 그날 카탈라우눔 대평원에 집결한 양대 진영의 전력은 팽팽했습니다. 아틸라가 이끄는 훈 진영엔 혈맹 동고트왕국을 비롯해 게피다이족, 튀링겐족, 루기족의 수많은 전사들이 참전했고, 아에티우스가 이끄는 로마 진영엔 서고트왕국을 비롯해, 프랑크족, 부르군트족, 색슨족, 브레톤족 등이 대 훈족 연합군으로 손을 맞잡았어요.

전투는 사흘 밤낮으로 계속되었고 수십만의 병사들이 목숨을 잃었습니다. 이 카탈라우눔 대전투를 기점으로 아틸라의 훈 제국은 비상하기도 전에 날개가 꺾이고, 얼마 못가 대제국 로마도 몰락의 길을 걷게 된 거죠.

그런데 다음 구절과 마지막 구절이 신경 쓰이는군요.

'너의 최후는 로마의 미래다. 용서해라, 아틸라.'

일디코를 막아선 아틸라의 등 뒤로 아에티우스가 쏜 화살이……'

'그로부터 100년…….

운명의 수레바퀴가 다시 돌기 시작했다.

최초의 전쟁이 있었고 세 번째이자 마지막 전쟁이 있을 것이다.

하나의 시대가 또 다시 막을 내렸다.

황금의 시대에 대한 기억은 세월 저편으로 사라지고 흑철의 시대가 멀지 않았다.

신들이 서로 싸워 오직 인간의 신만이 살아남을 것이다.

광기와 피와 어둠이 지배하는 인간 세상이 오고 신들의 많은 피조물이 소멸될지니…….

사람들은 그 전란을 '성전'이라 부를 것이다.'

제가 줄 수 있는 정보는 여기까지입니다. 행운을 빕니다.

양피지 봉인!

나는 양피지를 베개 밑에다 밀어 넣고 돌아누웠다.

양피지에 적힌 내용은 서기 451년 갈리아 북부 카탈라우눔 전투에 대한 것이었다. 사가들은 하나같이 그 대회전에 대해 이렇게 적고 있다.

'제국이 배출한 최후의 명장 아에티우스와 함께 이민족을 이 땅에서 몰아낸 황혼기의 로마가 영광과 명예에 관해 그린 마지막 풍경이었다.'

'전투에 패한 아틸라는 자포자기한 채 술독에 빠져 허우적댔으며 결국 부르군트족 여자의 품 안에서 죽었다.'

나는 누운 채 팔등으로 눈을 가렸다. 적어도 내가 아는 한 훈족과 아틸라는 침략자이자 패배자였다. 하지만…… 승자는 음유시인과 같고 사가는 진실만을 기록하진 않는다는 어느 역사가의 충고가 어렴풋이 떠올랐다. 내가 아는 제한된 지식의 근원은 승자의 언어인 라틴어나 그리스어로 기록된 것들이었다. 양피지에 적힌 내용은 그런 가려진 진실 혹은 거짓에 대한 일종의 경고이자 펴즐 같은 것이었다.

고트인인 메렐레인은 카탈루니아 대전에 관해 내가 모르는 뭔가를 알고 있으며, 군신의 활을 라벤나로 가져가야만 한다. 그리고 활은 목숨보다 중요하다. 그것이…… 내가 그녀에 대해 아는 전부였다. 나는 생각할수록 혼란스럽게 꼬여드는 의문의 실타래 때문에 머리가 빠개지는 것 같았다. 전쟁과 메렐레인은 무슨 관계가 있는 것일까. 군신의 활은 왜 반달인들의 수중에 있었던 것일까.

에라!

쿨…….

까마귀 우는 소리에 눈을 떴다. 날은 벌써 밝아 있었다. 밖에 사람들이 웅성거리는 소리도 들려 왔다. 나는 슬그머니 자리에서 상체를 일으켰다.

띵!

해머로 패는 듯한 통증 때문에 두 손으로 머리를 감싸 쥐었다. 술의 저주가 아직 혈관 속을 신나게 돌아다니고 있었다. 정말 이놈의 술은 독극물이 아닐 수 없다. 바르카의 말을 빌리자면 인간 세상에 없어서는 안 될 독극물이다.

나는 신음소리를 내며 두 다리로 바닥을 짚었다. 끄응! 방문이 보인다. 나는 왼쪽 벽에 한 번, 오른쪽 벽에 두 번 거친 몸싸움을 하고 두어 번 원을 더 그린 뒤 가까스로 방문 손잡이를 잡을 수 있었다.

아래층으로 내려가는 길을 찾기 위해 복도의 벽을 더듬어 갔다. 어두우나 밝으나 이놈의 방향 감각은 손이 없으면 해결이 안 되나 싶었다. 뱃사람은 뭍에 나오면 반병신이 된다던 어느 선장의 말이 떠올라 쓴웃음이 났다.

아래층엔 선술집 여 주인 글로디아 외엔 사람이라곤 보이지 않았다. 그녀는 나무접시를 닦고 있었는데 내가 부스스한 얼굴로 계속 쳐다보자 턱으로 친절하게 방향을 가리켜 주었다. 동료들은 밖에 나갔다고.

동료들은 해변으로 몰려가 있었다. 정확하게 말하면 떼거지로 모인 항구 사람들 속에 섞여 있었다. 무슨 구경이 났나. 왜 저렇게 바글바글하지? 나는 물음표를 머리에 인 채 바지 속에 두 손을 찔러 넣고 터벅터벅 그쪽으로 걸어갔다. 맨 먼저 찾은 것은 루카의 뒤통수였다. 나는 기지개를 펴면서 뒤통수에다 대고 물었다.

"아함! 뭐냐. 해변에 시체라도 밀려왔냐?"

"응!"

"……."

루카의 무색무취한 답변은 신속하고도 군더더기가 없었다.

"어젯밤 바다에서 죽은 사람들이다. 밤새 밀려온 모양이야. 썰물이 빠지니까. 차마 못 보겠군."

"……."

"우리 손님들도 섞여 있어."

"……."

"카카르?"

반응이 없자 루카가 뒤돌아봤다. 나는 아까부터 기지개를 켠 채로 턱이 빠지고 허리뼈도 어긋난 채였다. 그래서 아무 말도 할 수 없었던 것이다. 루카가 한심한 눈빛으로 턱과 허리를 교정시켜 주는 동안 내 시선은 인파 사이로 드러난 잿빛 해변으로 옮겨갔다.

하얀 백사장을 따라 검은 실루엣을 이루고 있는 그것은 갤리선에서 떨어져 나온 노잡이였을 것이고, 반달 병사들이었을 것이고 또 내 여신호의 승객들이었을 것이다. 그들은 마치 죽은 생선 떼처럼 여기저기 널브러져 있었다.

파도가 칠 때마다 죽은 자들이 몸을 여기저기서 뒤집어댔다. 그럴 때마다 반쯤 열린 어두운 눈동자들이 원망스러운 듯 이쪽을 노려보고 있었다. 그걸 본 순간 몸서리치게 느껴진 감정이란 안타까움이라든가, 죄책감이라든가 그런 것은 결코 아니었다. 그것은 공포였다. 음울하고 축축한 공포의 검은 파도가 우리 쪽으로 밀려왔다 밀려나가고 있었다.

"저주다. 사브라타에 저주가 내렸어."

"오! 신이시여."

사람들은 그 참혹한 광경에 치를 떨며 발만 동동 굴렀다. 나는 천천히 걸음을 옮겼다. 사람들을 이리저리 밀쳐내며 또다시 몇 걸음을 더 옮겼다. 손을 내밀었다. 그리고 들썩이는 어깨 위에 슬그머니 손을 내려놓았다. 메렐레인이 뒤돌아봤다. 양손으로 반쯤 얼굴을 가린 그녀의 젖은 눈동자가 파르르 떨리고 있었다.

"니들 짓이지?"

그때 옆에서 빈정대는 듯한 귀에 익은 재수 없는 목소리가 들렸다. 깡마른 체구에 무두질한 가죽 같은 얼굴을 한 사내가 다가왔다. 어제 본 그 항구 관리인이었다. 웬 시나락 까먹는 소리냐는 듯이 내가 어깨를 들썩여 보이자 그 사내는 치아를 드러내며 상어 같은 미소를 지었다.

"어제 그 배. 암초에 부딪친 상처는 아니었어."

이 녀석, 사람 말할 땐 건성으로 듣더니만…….

"공교롭게도 이 녀석들이 들어온 후 시체들이 떠밀려 왔어."

"오호라, 그러고 보니 하밀, 이 녀석들 설마……."

항구 관리인 녀석 이름이 하밀이군. 그건 그렇고 순간 나는 이상한 생각이 들어 주위를 한번 쓰윽 둘러봤다. 예감이 들어맞았다. 항구 사람들 모두 관리인 하밀과 같은 눈빛을 하고 있었다. 선동하는 자와 선동 당하는 자들의 그렇고 그런 전개였다. 우리는 말하자면 적개심을 드러낸 군중 속에 둘러싸인 셈이었다. 괜히 섣부른 짓을 했다간 이 사람들…….

잠시 안면 근육을 풀었다. 환한 표정을 지을 때 쓰는 얼굴 근육의 위치를 적절히 조절하자 나름 해맑은 미소가 나왔다. 나는 숨을 몇 번 고른 후 최대한 정중하게 입을 열었다. 아니 열려고 했다.

"말했잖아. 괴물에게 당했다고. 병신아."

아아아아아.

나는 마음속으로 비명을 질렀다. 루카! 이 양아치 같은 뇌라곤 없는 번개머리 썩을 말미잘 쉐키!

루카는 주먹을 불끈 쥔 채 당장에라도 달려들 듯이 상대를 노려보고 있었다. 그 기세에 흠칫한 듯 한발 물러선 하밀은 곧 게슴츠레하게 입꼬리를 올리며 손에 든 뭉치 같은 걸 이리저리 흔들어 보였다.

"반달군에게 당한 게 아니고?"

손에 든 그것은 파도에 떠밀려 온 스탄 휘하 병사들의 군복이었다.

사람들이 다시 웅성거렸다. 그들에게 있어 '반달'이란 말은 가을철 논두렁을 휩쓰는 메뚜기와 같은 의미였다. 지나간 자리에 남은 것이라곤 연기와 잿더미뿐. 오래전 로마 시가 당했던 것처럼 말이다.

나는 하밀이 무슨 생각을 하고 다음에 무슨 말을 할지 어떻게 행동할지 대충 짐작이 갔다. 우리는 반달군에 쫓겨 사브라타 항까지 들어왔고 그들로서는 죄인을 숨긴 거나 매한가지. 반달인들이 보복을 마음먹으면 이 항구 쯤 간단히 폐허가 된다는 걸 그들 또한 잘 알고 있다. 답은 이미 나왔다. 우리를 산 채로 붙잡아 넘기거나 아니면 죽인 채로 그 시체를 넘기거나.

"녀석들을 잡아!"

한 남자가 소리치자 너 나 할 거 없이 여기저기서 무기가 될 만한 것을 집어 드는 항구 사람들이었다. 참으로 난감한 상황이었다. 나는 메레렐인을 등 뒤로 밀어낸 후 허리에 손을 가져갔다. ……? 아차! 칼은 두고 왔지.

왠지 웃음이 났다. 한 고비를 벗어나면 또 한 고비가 찾아오는 게 마치 양파껍질을 벗겨내는 것 같았다. 참으로 고약한 운명이 아닌가. 그런데 뭘까. 이 이상하게 타오르는 듯한 기분은. 가슴이 벅차오르고 팔다리의 혈관이 불쑥불쑥 확장되는 느낌. 눈과 귀는 더욱 예민해지고 머릿속은 한 가지 생각만으로 가득 찼다. 그것은 용기라는 이름의 열기였다. 그 열기가 내 몸을 천천히 여신의 팔처럼 감싸 안았다.

어둠 속에 촛불이 하나 있다. 잃을 게 없어 두려울 것도 없는 남자에게 촛불은 '희망'이다. 그 촛불은 지금은 작은 희망에 불과하지만, 언젠가 거대하게 활활 타 올라 세상을 바꿀지도 모를 '미래'가 될 것이다. 자신의 전부를 걸고 지킬 만한 미래가 있다는 것, 그게 바로 보물이 아닐까. 그리고 난 보물을 누구에게도 내어줄 생각이 없다.

나는 이 고약한 운명에 기꺼이 맞설 준비가 되어 있는 자, 카카르 세겐이다. 그리고 내 등 뒤에 바로 그 미래가 있다. 나는 중지를 반쯤 꺾어 접어 중간이 돌출된 형태로 주먹을 쥔 후 공격 자세를 취했다. 이것이 이른바 '마곡[89]의 송곳'. 과거 카르타고 시내 양아치들과의 일대 다수 싸움에서 악명을 떨쳤던 무기다. 한 방에 한 놈씩 정확하게 급소를 찔러 전투불능 상태로 만든다. 그게 일단은 내 계획이었다. 얼마든지 와라. 용기로 충만한 자를 상대하는 게 얼마나 지랄 같은지 내 보여 주지.

"카카르, 안 돼!"

메렐레인의 다급한 음성이 들림과 동시에 한 놈이 휘두른 몽둥이가 부웅 하고 날아들었다. 나는 눈을 감지 않았다. 날아오는 궤적을 끝까지 보고 최소한의 동작으로 그걸 머리 위로 흘린 뒤 역동작이 된 상대의 눈을 향해 마곡의 송곳을 일직선으로 찔러 올렸다.

아악, 외마디 비명을 지른 녀석이 얼굴을 감싼 채 뒤로 나자빠졌다.

"하나."

여기저기서 싸움이 시작됐다. 항구 사람들은 전문적인 싸움꾼은 아니었지만 워낙에 쪽수가 많아서 동료들이 얼마나 버틸지 알 수가 없었다.

89) 마곡 혹은 마고그(Magog). 구약성서 에스겔 편에 언급되는 왕. 신약성서의 요한계시록 편에서는 종말에 신의 도시를 공격하는 것으로 묘사된다. 점차 흑해 북쪽 땅의 이민족 혹은 악마라는 뜻으로 변했다.

한 놈이 다시 흉기로 찔러 들어왔다. 나는 팔뚝으로 비스듬히 막아 옆으로 흘린 뒤, 다시 마곡의 송곳을 녀석의 코 아래 인중에다 박아 넣었다. '크헉' 소리를 내며 놈이 앞으로 고꾸라졌다.

"둘. 얼른들 와라. 피곤하다."

두 명이 순식간에 나가떨어지자 놈들이 움찔해서 뒤로 물러섰다.

기세가 오른 나는 양팔을 십자 형태로 교차해 다음엔 좀 더 강력한 기술이 나올 듯한 자세를 잡았다. 물론 허세였다. 하지만 효과가 있었는지 놈들의 표정에 동요하는 기색이 역력했다.

"멍청한 자식들. 한 놈씩 덤비니까 그렇지."

하밀이 씩씩거리며 앞으로 나섰다.

"한꺼번에 덤벼!"

이런 비겁한 새끼들.

나는 한 발 뒤로 물러났다. 아무리 나라도 다방면에서 동시에 달려들면 무리다. 문어 팔이 아닌 이상. 식은땀이 났다. 어쩐다?

그때 뒤에 있던 메렐레인이 소매를 잡아 당겼다. 나는 자세를 풀지 않은 채 슬쩍 뒤를 돌아 봤다. 그녀가 고개를 가로저었다. 나는 '안심해라, 꼭 지켜주겠다'는 뜻이 담긴 미소를 지어보였다. 그녀가 또다시 고개를 저었다.

와! 하는 함성 소리와 함께 대여섯 놈이 한꺼번에 달려왔다. 에라, 모르겠다. 육탄 방어다. 나는 몸을 최대한 숙이고 팔을 엑스자로 교차해 방어 자세를 취했다.

그 순간 메렐레인이 앞으로 튀어 나왔다.

"위험해. 메렐……."

나는 그녀의 어깨를 붙잡고 제지시키려 했지만 그럴 수가 없었다. 뒤돌아 본 그녀의 무섭게 노려보는 눈동자에 그만 얼어붙어 버렸기 때문이다.

양팔을 벌린 채 선 그녀의 입에서 성난 목소리가 터져 나왔다.

"그대들은 정녕 로마인이던가요?"

신기하게도 놈들이 멈춰 섰다. 하긴 나라도 그랬을 것이다. 매번 느끼는 거지만 메렐레인에게는 함부로 범접할 수 없는 무언가가 있었다. 나는 멜카르트의 공동묘지에서 있었던 일을 떠올려 보았다. 그때도 반달 군인들이 선불리 그녀 쪽으로 다가서지 못했었다. 그녀가 순간순간 발산하는 오라는 마치 고위 귀족이라든가 성직자에게서나 볼 수 있을 법한 기품과 위엄이 섞인 듯한 느낌의 에너지 같은 거였다.

"이곳이 정녕 그 트리폴리타니아가 맞나요? 내가 아는 위대한 세베루스 황제의 후예인 트리폴리타니아인 들은 적어도 명예롭다고 들었습니다. 야만스런 반달족 따위에게 눌려 여행자에게 칼이나 들이대는 그런 사람들은 아니라고. 내말이 틀렸나요?"

호! 흠, 역시 대단해. 가냘파 보이지만 그냥 가냘프기만 한 건 아냐. 어디서 이런 기백이 나올까.

그때 하밀이 앞으로 걸어 나왔다. 하여튼 재수 없는 면상이었다.

"로마는 이미 죽었다. 멸망한 제국을 위해 지킬 명예 따위 우린 모른다. 그저 우린 마을과 가족을 지킬 따름이다."

"콘스탄티노플의 군대가 상륙하면 그 말 황제 앞에서 할 자신 있으신가요?"

"……."

"그런가요?"

"쳇! 로마인의 탈을 쓴 그리스인들 따위 내 알게 뭐야."

나는 하밀이 쥔 창을 주시하고 있었다. 내게는 둘의 대화보다 창의 움직임이 더 중요했다. 메렐레인의 안전을 위해 여차하면 내가 그녀의 방패가 되어야 했으니까 말이다.

"그래서 앞으로도 간에 붙었다 쓸개에 붙었다 그렇게 사실 모양이군요. 부끄럽지도 않으세요?"

부들부들.

하밀의 창백한 얼굴 주름이 깊어지고 창을 쥔 팔이 심하게 떨리고 있었다.

"뭐가 어째?"

위험을 직감한 나는 하밀의 고함 소리와 동시에 메렐레인 앞 허공에다 몸을 날렸다.

"그만둬! 여자의 말이 맞아."

다행히 하밀의 창은 날아오지 않았고, 다들 굵고 허스키한 목소리의 주인공을 향해 고개를 돌렸다. 물론 나는 그대로 땅바닥에 곤두박질쳤다.

"알비우스 님!"

위기의 순간에 나타난 마을 촌장같이 생긴 자는 작은 키에 백발이 무성한 노인이었다. 노인은 뚜벅뚜벅 지팡이를 짚으며 우리 쪽으로 걸어왔다.

"우린 분명 로마 제국의 신민이었고 앞으로도 달라질 건 없어. 언제부터 반달놈들이 이 땅에서 주인 행세를 한 거냐. 반 토막이 났어도 로마는 로마. 트리폴리타니아는 반달이 아니라 동로마 제국 영토야."

도드라진 화난 목소리에 모두들 한 발짝씩 물러났다.

노인은 사내들을 한번 쓱 훑어 본 다음 메렐레인 쪽으로 고개를 돌렸다.

뚜벅뚜벅.

지팡이가 그녀 쪽으로 다시 움직이기 시작했다. 지팡이가 다가왔지만 그녀는 꿈쩍도 하지 않았다.

"응?"

노인은 메렐레인과의 거리를 더 이상 좁히지는 못했다. 그녀와의 사이에 배를 깔고 누운 나를 발견한 까닭이다.

"뭐야, 이건?"

노인은 지팡이로 내 옆구리를 한번 찔러 보았다.

"아야야. 영감, 하지 마."

나는 안 일어난 게 아니라 못 일어났다. 공중에서 갑자기 떨어진 탓에 늑골이 삐끗한 모양이니까.

"뭐, 좋아. 마침 잘 됐군."

그렇게 한번 히죽거린 노인은 아니나 다를까, 내 등짝 위로 올라

가는 게 아닌가!

억!

"이제야 잘 보이는구먼. 그래. 껄껄껄."

등을 밟고 올라선 까닭에 메렐레인의 어깨 정도에 머물러 있던 노인의 눈높이가 턱까지는 올라간 모양이었다.

헛기침을 몇 번 한 그는 꽤나 정중한 어투로 입을 열었다.

"쿠울럭! 미안하오. 늙으니 목구멍에 담이 차서. 그래, 소신은 사브라타항의 대표인 알비우스라 하오만…… 처자는?"

어느덧 온화한 눈동자로 돌아온 그녀는 두 손을 앞으로 모으고는 침착한 목소리로 화답했다.

"메렐레인이라 하옵니다. 알비우스 님"

알비우스는 메렐레인의 반응이 만족스러웠는지 하얀 이를 드러내며 웃었다. 노인네치고는 믿기지 않을 만큼 가지런하고 하얀 이였다.

나는 어쨌거나 이런 굴욕적인 자세로 누워 있을 순 없는 노릇이었다. 에잇! 하고 등짝을 이리저리 흔들어 봤다.

딱!

노인의 거침없는 지팡이가 내 머리를 후려 갈겼다.

"가만있어. 욘석아."

지팡이에 맞는 게 그렇게 아픈 줄 그때 처음 알았다. 눈물이 앞을 가리고 숨쉬기도 쉽지 않았다.

"그래요. 메렐레인. 부디 저 생각 없는 자들의 무례를 너그러이 여기시길.”

“알비우스 님!”

못마땅한 표정으로 하밀이 항변하듯 말하자,

“닥쳐라. 이 놈! 항구 관리인 자리를 맡겼다고 왕이라도 된 줄 아느냐. 구석에 찌그러져 있지 않으면 네놈 혓바닥을 십자가에 박아 콘스탄티노플로 보내 버릴 테다.”

노인의 목소리가 얼마나 쩌렁쩌렁하게 울렸는지 마치 전투 직전 로마 군단 앞에 선 어느 집정관을 보는 것 같았다.

“크…….”

하밀의 얼굴이 새빨개지며 어쩔 줄 몰라 하는 꼬락서니를 보니 십 년 묵은 체증이 쑤욱 내려가는 것 같았다. 하하하.

나는 땅바닥에 누운 채로 박수를 쳤다.

“그건 그렇고…….”

“네?”

“음…….”

“왜…… 그러시죠?”

“아니 그다지. 머리색이 마치 타는 저녁놀 같구려.”

“…….”

“…….”

“희롱이시라면 사양하겠습니다.”

메렐레인의 시선이 다시 얼음처럼 차가워졌다.

“하하하. 불쾌하셨다면 용서하구려. 늙은이가 죽을 때가 가깝다

보니. 낄낄낄."

"……."

"그래 듣자하니 괴물에게 당하셨다지요?"

메렐레인은 고개를 돌려 해변 쪽을 응시했다. 떠밀려 온 시체들은 아직 거기 그대로였다.

"네. 저기 보시는 것처럼."

반쯤 눈물이 고인 채 그녀의 입에서 한숨이 새어 나왔다.

노인은 한참 동안 바다 쪽을 응시하다 이내 입을 열었다.

"어째 잠잠하다 했더니 돌아온 건가. 그게 결국은……."

"네?"

"그래도 설마하니 남쪽 바다까지 영역을 확장할 줄이야."

뭔가 알고 있는 듯한데 노인은 혀만 찰 뿐 이렇다 저렇다 얘기는 안 하고 뜸만 들이고 있었다. 참다못한 나는 버럭 고함을 질렀다.

"뭐라고 궁시렁거리는 거야. 영감. 알아듣게 얘기 좀."

딱!

나는 얼굴을 감싸고 숨을 죽였다.

"확실치 않아서 그래, 임마."

"뭔가 알고 계시다면 얘기해 주세요. 많은 사람이 죽었습니다. 적어도 이유는 알아야 망자의 원혼이라도 달래지요."

메렐레인이 두 손을 가슴에 모으고 애원하는 눈빛으로 부탁하자 노인도 알았다는 듯 고개를 끄덕였다.

"당신들을 습격한 건 아마 그놈일 거요."

“그 놈이라면…….”

“케투스[90]…….”

“케투스?”

노인은 지팡이를 내 머리에서 떼어 내고는 긴 한숨을 내쉬었다.

“해신이라 불리는 거대한 회색 고래죠. 그놈 때문에 한때 동지중해의 해상 무역이 거의 마비되다시피 했죠.”

그의 말에 따르면 케투스라 불리는 고래는 주로 동지중해에서 활동하며 무리 지은 어선이나 군선을 습격하곤 했는데 왜 무엇 때문에 사람을 공격하는지는 정확히 알려지지 않았다고 한다. 어떤 이는 죽은 새끼 고래에 대한 복수 때문이라고도 하고 또 어떤 이는 지중해 바다에서 전쟁을 일삼는 인간들에 대한 경고라고도 하지만 밝혀진 건 아무것도 없다고 한다.

동료들은 가벼운 찰과상을 입었을 뿐 모두 무사했다. 알비우스는 항구 사람들의 무기를 거두게 하고 우리에게 다음 여행에 필요한 물자를 내주는 등 과분한 호의를 베풀었다. 그가 왜 그렇게까지 친절했는지 그 당시로선 전혀 알 수가 없었고 알아야 할 이유도 여력도 없었다. 우리에겐 갈 길이 멀었다.

나는 사브라타의 양지 바른 언덕을 골라 여신호에 승선했던, 그러나 불행히도 세상을 등진 사람들을 묻어 주기로 했다. 그중엔 울

90) 혹은 포르피리오스. 그 당시 동지중해에 실존했던 살인 고래로 역사가 프로코피우스가 붙인 이름이다. 원래 케투스는 그리스 신화에서 해안 절벽에 묶인 안드로메다를 위협하던 괴물을 지칭한다. 페르세우스가 이 괴물을 퇴치했다.

반 할배도 있었다. 나는 그의 비석에다 이렇게 새겼다.

'비록 짧은 항해였지만, 오래도록 기억될 내 친구 울반 할아버지 여기 잠들다.'

나는 그가 남긴 유품인 은색 브로치를 가슴에 대고 만지작거렸다. 인연이 된다면 세상 어딘가에서 그가 찾고자 했던 손녀딸과 마주칠 수 있으리라. 그때 꼭 전하겠노라고. 그게 살아남은 자가 짊어지고 살아야 할 망자와의 약속이니까. 사브라타를 나서는 그 순간까지 나는 약속이란 말을 가슴속에 되뇌고 또 되뇌었다.

여신호의 수리를 위해 루카와 노아는 사브라타에 남기로 했다. 배가 수리되는 대로 다음 목적지에서 합류하기로 하고 나와 메렐레인을 포함한 나머지 동료들은 도보로 이동할 작정이었다. 알비우스는 마을 입구까지 우리를 배웅해 주었다.

"법과 질서가 바로 서지 못한 세상에 살다 보면 선택을 해야 할 때가 있지. 자네라면 어떤가? 나라가 먼저인가, 가족이 먼저인가."

마을을 나서기 전 그는 내게 위와 같은 질문을 던졌다.

나는 고개를 옆으로 젓혔다. 등짝의 통증이 아직 채 가시지 않은 탓에 다소 건방진 표정으로 다음과 같이 대답했다.

"둘 다요. 나라가 없으면 온 사방이 도적떼이니 가족을 지킬 수 없을 테고, 가족이 없으면 나라가 있은들 내게 무슨 소용이오."

알비우스는 호탕하게 웃었다.

"재미있군. 자네 여행이 끝나는 순간에도 그렇게 말할 수 있길 빌겠네. 껄껄껄."

그리고는 내 귀를 잡아당기더니만 이렇게 귓속말을 하는 것이었다.

"나는 저 메렐레인이라는 여자를 잘 알지."

"……!"

나는 허리에 찬 단도에 손을 가져갔다.

"아, 오해는 말게. 내 자네에게 알려줄 생각은 추호도 없으니. 하물며 다른 사람에게야. 믿어도 되네."

그 말이 거짓은 아니어 보였다. 백발의 알비우스는 적어도 그래 보였다.

"믿겠소!"

나는 단도를 쥔 손을 푼 채 등을 돌려 저만치 걸어가는 동료들에게로 발걸음을 옮겼다.

"하하하. 젊다는 건 좋은 거야. 암튼 재밌는 여행 되시게나."

알비우스의 웃음소리는 점점 멀어져 갔다. 나는 그런 알비우스를 등진 채 한쪽 손을 들어보였다.

우리의 다음 목적지는 렙티스마그나. 트리폴리타니아 최대의 항구도시이자 세베루스 황제가 태어난 곳이며, 또한 내 친구 고타의 고향이기도 했다.

나는 고개를 왼쪽으로 돌렸다. 푸른 지중해 바다가 저기 있었다.

케투스 혹은 포르피리오스라 불리는 잿빛 바다의 왕에 관한 얘기는 뜬소문에 섞여 희미하게나마 어디선가 들어본 것도 같았다. 지금은 살아남은 안도감에 두 번 다시 떠올리고 싶지 않은 악몽이었지만 왠지 녀석과의 인연이 이것으로 끝일 것 같지는 않았다.

나는 문명 세계와 동떨어져 자유롭게 유영하는 한 마리의 고래를 가만히 떠올려 보았다. 그리고 격동하는 인간의 역사를 고스란히 담고 있는 저 지중해 바다가 과연 인간의 것일까, 하는 생각을 해 보았다.

앞서 가던 메렐레인이 진홍색 머리를 휘날리며 돌아다 봤다.

나는 그녀의 환한 미소와 손짓을 좇아 달리기 시작했다.

여행은 이제 막 시작되었을 뿐이다.

연대기

(Chronicle)

429년 반달족 왕 가이세리크 8만의 군대를 이끌고 지브롤터 해협을 건너 북아프리카 침공. 로마의 도시 히포 레기우스 함락

439년 가이세리크 카르타고를 수도로 반달왕국 창건

451년 카탈라우눔 전투 발발. 로마 연합군과 훈 연합군 충돌

455년 로마황제 발렌티니아누스 3세 암살. 막시무스 황제 등극.
이에 반달족 로마를 침공해 수도 함락.

462년 반달왕국 북아프리카 전역과 시칠리아, 사르데냐, 코르시카 등을 지배하는 강력한 왕국으로 성장.

474년 동로마 비잔틴 제국 레오 황제 사망. 제논 황제로 등극

476년 헤룰리족 용병대장 오도아케르 로물루스 아우구스툴루스 폐위.
서로마 멸망.

477년 반달 왕 가이세리크 사망. 아들 훈네리크 왕위 계승.

482년 프랑크족 메로빙거 가문의 클로비스 현재의 독일·프랑스의 기원이 된 프랑크 왕국 창건

491년 동로마 제국 제논황제 사망. 아나스타시우스 황제 즉위

493년 동고트족 왕 테오도리쿠스 이탈리아로 진격해 라벤나 점령. 오도아케르 제거. 이탈리아 라벤나에 동고트 왕국 창건.

507년 서고트족 톨레도 왕국 창건

518년 비잔틴 제국 아나스타시우스 황제 사망.

근위 대장이었던 유스티누스 황제 등극.

유스티누스 황제의 조카 사바티우스 제국 총사령관에 임명.

525년 사바티우스 부 황제(케사르) 칭호. 무희 출신의 테오도라와 결혼.

벨리사리우스 근위대로 임명

526년 동고트왕국 테오도리쿠스 사망. 그의 딸 아말라스빈타의 섭정 하에 손자 아탈라릭 즉위

527년 사바티우스 삼촌인 유스티누스 밀어내고 44세의 나이로 황제 즉위. 이후 유스티니아누스 대제라 칭함.

플라비우스 벨리사리우스 22세의 나이로 첫 페르시아 원정.

528년 적법휘찬 편찬

530년 벨리사리우스 제국 동부군 총사령관으로 임명. 다라에서 미렌이 이끄는 4만의 페르시아군 격파.

프로코피우스 벨리사리우스 군의 종군 참모가 되어 훗날 비잔틴 제국사의 귀중한 자료가 될 전사와 비사를 남긴다.

531년 칼리니쿰 전투 개전.

벨리사리우스스 페르시아 사산왕조의 카바드 1세와 격전.

페르시아왕 카바드 1세 사망.

후계자인 호스로우 아누시르반 비잔틴 제국과 휴전 협정 체결.

532년 비잔틴 제국의 수도 콘스탄티노플에서 니카 민중 반란 발발.

황후 테오도라의 기지와 벨리사리우스, 나르세스 등의 활약으로 반란 진압.

벨리사리우스 황후 테오도라의 친구인 안토니나와 결혼.

한반도의 금관가야 멸망.

533년 유스티니아누스 황제 성전(聖戰) 구상.

28세의 벨리사리우스 보병 1만, 기병 5천으로 구성된 빈약한 군대로 불가능에 가까운 반달 원정 시작. 북아프리카의 렙티스마그나 근처에 상륙

534년 벨리사리우스 반달 왕 겔리메르를 격파하고 카르타고 함락.

535년 동고트 왕국 아말라스빈타 피살.

벨리사리우스 황제의 명에 따라 7,500명의 병력으로 이탈리아 진격.

536년 벨리사리우스 나폴리를 치고 북상해 로마 시 점령

537년 위티기스가 이끄는 동고트군 로마 포위.

벨리사리우스 5,000명의 병력으로 로마 수성 성공

539년 벨리사리우스군 라벤나 점령

아우스트라시아의 왕 테오데베르트 10만 대군으로 이탈리아 침공. 고트군, 제국군과 3파전.

벨리사리우스 환관인 나르세스와 군의 통수권을 놓고 대립.

540년 벨리사리우스 라벤나 점령하고 동고트 왕국 정복.

벨리사리우스를 의심한 유스티니아누스 황제 그를 소환.

페르시아의 호스로우 황제 비잔틴 제국 침공.

벨리사리우스 곧바로 동부 전선 투입.

541년 벨리사리우스군 페르시아군에 반격 개시

이탈리아의 동고트족 토틸라를 왕으로 해서 다시 봉기.

542년 연승하던 벨리사리우스를 의심한 황제의 재소환.

벨리사리우스의 후임들 하나같이 무능해 전쟁 장기화.

토틸라 남부 이탈리아서 공세 시작.

543년 비잔틴 제국에서 발발한 역병, 동쪽으로는 페르시아 서쪽으로는 이탈리아까지 번짐.

544년 벨리사리우스 빈약한 군대로 토틸라군을 진압하기 위해 이탈리아 출병

벨리사리우스 로마 재점령

이후 5년간 토틸라군과 뺏고 뺏기는 쟁탈전.

548년 비잔틴 제국의 황후 테오도라 48세의 나이로 사망.

벨리사리우스 재소환되어 43세의 나이로 퇴역.

552년 소그디아나로부터 비잔틴 제국에 양잠 기술과 누에알 전해짐. 이후 유럽에서도 자체 비단을 생산하는 길이 열림.

나르세스 74세의 나이로 대규모 제국군을 이끌고 이탈리아 침공.

부스타갈로룸(타기나이)전투에서 토틸라군 격파.

553년 나르세스 락타리우스산(=몬스 락타리우스. 베수비오산 남쪽) 전투에서 테이아 왕의 동고트 저항군 격파하고 이탈리아 재정복.

559년 불가르족, 슬라브족 연합군 테르모필라이 장악 후 트라키아를 거쳐 콘스탄티노플까지 침공. 벨리사리우스의 이름 아래 모인 민병대 절묘한 전략으로 침입을 막아냄.

562년 벨리사리우스 친구였던 프로코피우스에게 모함 당해 투옥됨.

565년 누명이 풀린 벨리사리우스 60세의 나이로 사망.

그의 죽음 몇 달 후 유스티니아누스 황제도 사망.

573년 나르세스 나폴리에서 사망

롬바르드족의 이탈리아 진격. 이후 로마는 두 번 다시 수복 못함.

성 소피아 성당(Hagia Sophia) 아래서

보스포루스 해협(Bosphorus Straits)을 바라보며